Fan
ファン文庫

サムウェア・ノットヒア

ここではない何処かへ

著　小野崎まち

マイナビ出版

目次

サムウェア・ノットヒア

うつくしいもの

夏になると、決まって思い浮かぶ光景がある。

野球部やサッカー部の掛け声。金属バットに硬球が当たる高い音。他には誰もいない美術室。クリーム色のカーテン越しに背後から差し込む強い日の光。制服を着て並んで座る俺と、そして――あいつ。

イーゼルに掛けられたカンバスに向かって、あいつは一心に何かを描いている。油絵の具の匂い。木炭で黒くなった指先。パンくずの柔らかく、それでいて硬い不思議な感触。

そのとき、不意に背後の窓から強い風が流れ込み、カーテンがはためく。驚いて、小さくあいつが声を上げる。俺はそれを見る。揺れるカーテンの向こう。どこまでも青く広がっていく空。窓からの日差し。風に靡《なび》く、黒くつややかな長い髪の毛を手で押さえ、何かとても恐ろしいものから逃げるように、こちらに顔を向けて目をぎゅっと瞑《つぶ》っている。

風がおさまった後、あいつは恐るおそる、ゆっくりと瞼《まぶた》を開く。

太陽の光に照らされ、その白さを際立たせる肌の中で、髪の色と同じ、ハッとするほど澄んだ黒い瞳が現れ、俺を捉える。

目が合う。つながる。俺は、まるでその瞳に呪縛されてしまったかのように、身動きがとれなくなる。そしてすぐに気づく。それが感動なのだということを。

そこにあったのは、これまで俺が見てきたどんな美しいものより、俺の心を震わせる何かだった。

雷に打たれたような衝撃の中、俺はたしかに、世界を感じていた。

——そのとき、そこには、世界の全てがあったのだ。

全てが過去になった後で

「沖澄《おきすみ》先生、今回の個展も好評でしたね。僕の生徒なんて、『こんなにすごいものを見たのははじめてだ』って、目をうるませていましたよ」

撤収準備が始まり、俄《にわか》に慌ただしさを増した会場。

展示されていた作品や展示台、椅子などの設備を急ピッチで片付けてまわるスタッフを眺めていた俺は、背後から掛かった声に「ああ？」と振り返った。

そこに立っていたのは、縁なし眼鏡を掛けたすらりとした身体つきの優男《やさおとこ》だった。その十分に整った顔には、処世術でありながらすでにそれが当たり前になってしまった、一見朗らかに見える笑みが貼りついていた。

絵を描く傍ら講師を務めている美大で、俺がこいつを教えていた頃から、それは変わることがない。

「お前の生徒って、小学生《ガキ》じゃねえかよ」

「小学生だって、本物はわかりますよ」

この優男、藤堂《とうどう》は俺の教え子のひとりだったが、美大在学中は散々迷惑を掛けられた記憶しかない。どれだけお前のナイフは切れるんだよと言いたくなるぐらい周囲に牙《きば》を剝《む》いていたのだが、紆余曲折あった後それなりに丸くなり、三度の留年を経て数年前に卒業していった。

その後は親のコネで私立小学校の図工の教師になったのだが、それが俺の勤める美大のすぐ傍にあったため、縁が切れずに、今でもこうして付き合いがある。

今日は俺の展覧会に、生徒を連れてやってきていた。

「はっ、本物ね。どうせあれだろ、そのガキが感動したってのは、これだろうが」

そう言って俺が顎《あご》で示したのは足元にあった紙袋。その中には縦横五十センチ長の、正方形のカンバスが一点入っていた。わけあって額縁におさまらないために直接風呂敷で包んであるそれは、展示するために持ち込んだものではない。

完全に私物として会場に持参したのだが、俺が少し席を外した隙に藤堂の教え子であるその子供が通りがかって見つけ、勝手に梱包を解いたのだ。

「いや、はは……先ほどは、どうもご迷惑をお掛けしました」

「お前な、これが俺だったから良かったものの、下手な相手だったら面倒なことになっていた可能性もあるんだぞ。もう学生じゃないんだ、そのあたりの躾《しつけ》をするのはお前の役目なんだからな」

苦笑する藤堂に説教じみたことを口にしていると、まるでまだこいつが教え子だった時代に戻ったような錯覚に陥る。

それは向こうも同じだったのか、藤堂は居心地が悪そうに、しかしどこか照れたようにも見える笑みを浮かべ、ぽりぽりと頬を掻いていた。

「まあ、いい。それよりも藤堂よ」

「はい？　なんですか」

「そのガキが感動したっていう、こいつなんだが」

また顎で示すと「はい」と頷いて、藤堂もそれに目を落とす。

「俺の絵じゃねえだろうが」

俺が低い声で告げた言葉に、やつは視線を逸らした。

「おい、お前は何だ、わざわざ俺に嫌味を言いにきたのか？　そういやお前は在学中も、何かっつーと俺の粗《あら》を見つけては――」

「ちょ、ちょっとやめてくださいよ。昔のことじゃないですか。あの頃はですね、僕もとんがっていたというか、世間というものをわかっていなかったというか、ですね」

「ふん、それこそお前が教えてるのと同レベルの小生意気なガキだったよな」

「……まったくもう、先生は相変わらずですね」

「俺は、変わらねえよ。変われねえ」

大きく溜め息を吐く。

「そう簡単に人が変われたら、苦労はしねえよ。そうだろうが、藤堂」

俺の言葉に、藤堂は苦笑して、視線を落とした。その先には紙袋があって、あのときこいつも目にしたその中身を想像しているのだろうか。

小さく舌打ちをして、俺は屈みこんで足元の紙袋から件《くだん》の風呂敷包みを取り出した。

近くにあった長机の上に置いて、包みを解いていく。

「で、お前はこいつを描いたのが誰なのか聞きたいと、そういうわけなんだろ？」

都内にあるテナントビル、その地下部分を貸し切りで催した今回の個展に持ち込んだ、この会場の中で唯一俺のものでない作品。

今日だけではない。個展を開く度に、俺は必ずこの絵を持参していた。

いつか、これを、あるべき場所に返すために。

そうするべきだと、そうした方が良いと、そうしたいと、俺は思っているのだ。

「ああ……先生、これは、本当に」

藤堂の口から、震えた声が、漏れた。

俺の手で解かれた包みの中から姿を現したのは、一点の油彩画だった。

見る者に、恐ろしいほどの情動を叩きつけるその絵は、

『ここではない何処かへ《サムウェア・ノットヒア》』


そう、名付けられていた。

「先生。この人は、こんなものを描いてしまった人は、そこに、辿り着けたのでしょうか」

「んなもん、見りゃわかるだろう。一目瞭然ってやつさ」

それは特に際立った技巧が用いられているわけでもない、技術的に言えば平凡な油絵

だった。だが、ありきたりの技術によって描かれたその絵からは、異様と言っていいほどの気配が発せられていた。

黒い背景。

微妙に異なる色合いの黒《ブラック》が何層にもわたって塗りたくられたそれは、絵の上部を中心にして波紋のようにグラデーションを為している。

その黒の中心。

即ち上部には、一本の右手が描かれている。透き通るような白い肌を持った美しい腕。

その腕からはオーラのように淡く優しい光があふれ、揺らめいている。

真っ暗闇の世界に、天から差し伸ばされた救いの手。

それは、希望が取りうるひとつの形であった。

救済という概念が、人の形になったものだった。

絶望の淵にいる何か、或いは誰かに向かって伸ばされる救いの御手《みて》。暗闇の中の一筋の光が、見る者に強烈なまでの希望——救われたという気持ちを、与えることだろう。

圧倒的な救いが、そこにあったのだ。

もしも、その絵が、そのままの状態であったなら。

「……ええ、そうなんでしょうね。この絵を見ているだけで、僕は無性に悲しくなります。いえ、そうじゃない。正直に言えば、死にたくなる。先生に出会ったばかりの頃の自分に、戻ってしまいそうになるんです」

魅入られたようにその絵から目を離さず、藤堂は言う。

その絵――『ここではない何処か《サムウェア・ノットヒア》へ』。そこに連れていってくれるはずだった救いの御手の、その手の甲には、実物の釘が深く穿《うが》たれていた。

カンバスの上から打ち込まれ、突き抜けて、木枠を支えるための十字の中桟にまで刺さった一本の釘。そしてその周りに点々として、御手の白い肌を汚す、まるで血を垂らしたかのような赤黒い染み。

それらが凄まじい存在感を持って、この絵の本来持っていたであろう希望や救いを完全に否定していた。

これを描いた人間の、痛烈な悲嘆。訴え。叫び。

――ここではない何処《どこ》かなど、何処にもありはしない。

「訊くまでもないんだろうが、これを見て感動したってガキは、あれか。問題児か？」

「はい。どうしてか僕には懐いてくれているんですけどね、手首は傷だらけですよ」

「はっ、だろうよ。この絵に引き込まれる、共感しちまうやつってのはな。ったく、どいつもこいつも弱々しすぎて、泣けてくらぁな」

「先生が、強すぎるんですよ。どうしてそこまでちゃんと生きられるのか、どうしてそこまで揺らがずにいられるのか。ときどき、妬むあまりにうっかり憎んでしまいそうになるんです」

辺りを見回し、片付けられつつある俺の描いた作品を視界に入れて、藤堂は、

「先生に見える世界っていうのは、すっごくきれいなんだろうなあ」

そう、呟くように言った。

「…………」

美しいものを、これまで描いてきた。

空を、山を、海を、川を。

陽を、星を、月を、世界を。

俺の描く絵はどれも風景を切り取ったものだった。

世界が時折見せる、一瞬の、奇跡のようなきらめきだった。

そしておそらくそれは、今後も変わることはないだろう。

俺が美しいと思えるものは、もう、それだけなのだから。

「今なら、はっきり言えますけどね、僕は先生の絵がとても好きですよ。力強くて、本当に力強くて、どうしてこんな絵が描けるんだろうって、こんな風に世界を見られるんだろうって、こんな風に生きられるんだろうって、ずっと思っていたんです」

俺を見る藤堂の瞳に、まるで届かないものを見ているかのような、奇妙な哀切の光が過《よ》ぎる。

「罪な人ですよね、あなたも」

「ふん、知るか。俺に言わせりゃ、自業自得ってやつだな。弱者が無理に強くあろうとするから、齟齬《そご》が起きて破綻しちまうんだよ。弱者は弱者らしく、弱者として弱々しく生きていればいい。求めるから、裏切られるんだ。はじめから求めることそのものを諦めていれば、弱者は弱者として生きていけるってのに」

藤堂は苦笑する。

「……それを聞いたのが今で良かったですよ。もし学生時代に聞いていたら、先生を殺してしまっていたかもしれません」

「お前らに俺が殺せるかよ。そのときは返り討ちに遭うに決まってるだろ。つまりお前がまだ生きているのは、この俺に刃向かわなかったという、そのお陰だ」

「かも、しれませんね」

やれやれと肩を竦《すく》めた藤堂は俺から視線を外し、机上の絵に向けた。

「この絵を描いた人は、どうだったんでしょうね。この人も、先生という眩しい光に惹かれてやってきた人のひとりだったのでしょうか」

「あいつが？　あいつが俺みたいなチンケな人間に惹かれてやってきたって？　馬鹿言うんじゃねえよ。あいつは俺のことなんざ歯牙《しが》にも掛けていなかった。他人を歯牙に掛けられるほどの強さを持っていなかった。自分のことだけで手一杯で、それ以上は何もできなくて、弱い人間の見本みたいなやつだった。……あいつは、弱さということでは極致だったんだよ」

吐き捨てるように言った俺に、藤堂は曰《いわ》く言い難い目を向ける。

「先生にとって、その人は、とても、重要だったんですね」

「……ああ、そうかもな。たしかに、あいつは重要だったさ。何が重要だったかって?　そんなもんは聞くな。俺にもわからねえよ」

「その人は、何という名前の方だったんですか?」

その藤堂の問いに、俺は一瞬だけ口を噤《つぐ》み、

「上木田零子《かみきだれいこ》。この絵を描いたやつは、俺の幼馴染みだった」

そう、答えた。

上木田零子という少女

じりじりと部屋の中にこもり始めた夏の熱気に炙《あぶ》られるようにして、俺は目を覚ました。途端、寝間着にしていたTシャツが肌にじとっと貼り付く不快な感触を覚え、眉を顰《ひそ》める。

「あー……クソあちぃ」

腹に掛けていたタオルケットを蹴飛ばして起き上がると、まずカーテンを、そして窓を開けた。カラッとした夏の青空。その晴れ晴れとした天気に、わずかばかり憎しみを感じる。

昨日に引き続き、また今日もひどく暑くなりそうだった。

そんなちょっとした苛立ちを、さあっと流れ込んできた心地良い風がさらっていった。

この辺りは港が近いため、こうやって時折海からの涼しい風が吹いてくる。それがあるだけ、まだマシなのかもしれない。

冷えた頭でもう一度天を仰ぐ。

手を伸ばしても届きそうもないほどに高い大空。実際にそうしてみるも、やはりその指先ひとつさえ触れることができなくて。

鮮やかな蒼穹《そうきゅう》。胸がすっとするような青。高校生活最後の夏の空と思えば、その色彩さえもいつもと変わって見える気がした。

いつかこの色を、カンバスの上に表現できたらいいなと、思う。

かざした手の中に空を握りしめて、俺は小さく笑った。


シャワーを浴びてさっぱりした気分で居間に向かうと、すでに親父の姿はなかった。

「親父はもう？」

流し場で洗い物をしていたお袋は振り返ると、頷いて「あんたもさっさと食べちゃいなさい」と言った。

「啓司《けいじ》は？」

「あの子は朝練だとか言って、早くに出ていったわよ」

このクソ暑いのによくやるよと俺が零すと、それを聞き咎めたお袋は「あんたとちがってあの子は真面目なのよ。あんただって今年は受験があるでしょうに」などと言ってきた。

「なら、そりゃ俺のお陰だな。俺が真面目人間だったら、逆に弟のあいつの方がふらふらした人間になってたぜ」

「ま、たしかに、あんたはいい反面教師ではあるわね」

馬鹿にするように笑ったお袋に、俺はおどけて肩を竦めた。

「んじゃ、行ってくる」

朝食を摂り終えてから、最低限の身だしなみを整えると、薄っぺらい鞄を持って家を出た。瞬間、脳天に突き刺さるような陽光に、立ち眩《くら》む。ぐわんぐわんと視界が歪《ゆが》むのを、しばらくその場に立って耐える。

「やっぱり暑いもんはあっついんだよ」

ぼやいて、のろのろと歩き出すが、その足もすぐに止まる。いつもの行事である。隣家の玄関口に設置されたインターフォンを押す。

「はいはい」

「ども。栄一郎《えいいちろう》です」

「あら、ちょっと待っててね」

一分も経たないうちに、玄関の扉が開いて、中から諒子《りょうこ》さんが顔を出した。今年で四十になるはずなのだが、相変わらず若く見える。

「ごめんね、栄くん。今日こそはってちゃんと起こしたはずなんだけれど……」

「いえ、わかってますから。大丈夫です。今日もいつもの場所ですか？」

「ええ」

困ったように笑う諒子さんに会釈して、玄関右手に広がる庭に向かう。ちょっとしたパーティーが開けそうなぐらい大きくスペースを取られた庭の奥に、増築されたあいつのふたつ目の部屋があった。

勝手口のひとつを開けて、靴を脱いで中に上がる。

途端、つん、とあの独特の、だが嗅《か》ぎ慣れた匂いを感じた。

油絵の具の、溶き油の匂い。

中をぐるりと見回す。木造。ログハウス風の造り。天井は吹き抜けになっていて、白く大きな天井扇がゆっくりと回転している。視線を下に戻せば、部屋の中にはテーブルや椅子などの生活用具の他に、石膏《せっこう》やカンバス、絵の具、油、筆やナイフなどその他雑多な画材が散らばっているのが目に入る。

そこは、アトリエだった。あいつのためだけに作られた、あいつのためだけのアトリエ。あいつの空間《パーソナルスペース》そのもの。

その部屋の片隅、押しやられるようにして置かれたパイプベッドの上に、この空間の主がいた。見えない何かから身を守るように、自分で自分の身体を抱きしめ、膝を曲げて、ダンゴムシのように丸まっている。

アトリエは風通しが良く夏でも涼しい造りになっているのだが、それでもこの暑さである。普通であれば寝汗のひとつぐらいかくものだが、こいつにはそういった様子はなかった。

その肌は相変わらずの不健康そうな青白さで、生気といったものもほとんど感じられない。

まるで死体のようだ。

そう思ってしまう。上はキャミソール一枚、下はショーツだけという、よく考えれば健康的な男子高校生の目にとっては毒の如き煽情的な姿だというのに、性的なものをまったく感じないのは、多分、それが原因なのだろう。

「まあ、見慣れてるってのもあるんだろうけどな」

幼馴染み。腐れ縁。物心ついた頃にはもう、俺の傍にこいつはいたような気がする。

こんな朝だって数え切れないほど何度も経験していた。

「おい、いい加減に起きろよ」

寝息も聞こえず、それこそ本当に死んでいるかのように眠るそいつのベッドを、軽く蹴る。

「…………」

しかし反応はなく、仕方ないので、げしげしと何度も蹴って寝床を揺らし続ける。

「……ん……や、やめて、よ。け、蹴らない、で」

そのうちに、ようやくそいつは目を覚ました。俺を非難するように、じとっとした目で見上げてくる。

「何だよ、その目は。まさかとは思うが文句でも？　お前はこの俺がどうしてわざわざ毎朝こんな面倒なことをやってるのか知ってるよな？　どこぞの根暗女が『だるいから』とか『疲れてるから』とかふざけた理由で遅刻を繰り返して、危うく留年しかけたからだよ。で、そんな駄人間な娘を心配したご両親から直々に『娘を頼む』と世話を頼まれたのがそいつの幼馴染み、つまり俺だったからだよ」

「い、いやなら、断れば、よかったの、に」

視線を逸らして不満そうに口を尖らせる。

「いったい、どの口がそんなふざけたことをぬかすんだろうな？」

俺は微笑みながらそいつの鼻を指で挟んで、ぎりぎりと力を込めて捻《ひね》った。

「あっ、い、いたっ。や、やめ、ごめ、ごめんなさい」

「……ったく、謝るならはじめからそんなふざけた口、利くんじゃねえよ。ほら、さっさと起きろ。こっちはお前の低血圧に付き合ってやるほど暇じゃないんだ」

涙目でぷるぷる震えるそいつの鼻から指を放して、溜め息をひとつ。

「……わ、わかってる」

なおも不満げな様子だったが、今度は文句を言わず、素直にベッドから這《は》い出た。そして、相変わらずの猫背でのそのそと歩き出した。ペチペチと裸足が床を叩く音が響く。

「で、昨日は何時まで描いてたんだよ？」

またどこかで二度寝しないようにと俺も後を追う。その途中、イーゼルに掛かった描きかけのカンバスにちらりと目をやった。

ぞくり、と肌が粟立つ感覚。一瞬、意識に空白が空いて、立ち尽くす。

「三時、ぐらい？」

「……ただでさえ低血圧のお前がそんな時間まで描いてりゃ、起きられるわけもねえわな」

「で、でも、あんまり、うまく、描けなかった」

その言葉に、思わず何かを口にしてしまいそうになって、ぐっと奥歯を噛みしめた。

――これが、うまく描けなかった、ね。

黒と、赤と、白だけの絵だ。

黒い背景と、画面上部の揺らめく大きな赤い塊と、下部の小さな白い十字。

だが、それだけで伝わるものがある。極端に抽象化されているというのに、イメージが叩きつけられる。

暗闇の世界で、太陽へ飛んでいこうとする、翼を持った誰か。

想起されるのは、ギリシャ神話に描《えが》かれたイカロス。蠟《ろう》で固めた翼で空を飛び、太陽に近づきすぎたがために墜落した人間。

その画面全体から放たれる情念は、悲愴である。強烈な、負のイメージ。その結末など決まりきっているという言葉が、聞こえてくるようだった。

出そうになった舌打ちを、何とか堪える。

「じゃあ、着替えてくるから、ここで、待ってて」

そんな俺の様子に気づいた風もなく、ここのもうひとつの出入り口で立ち止まったそいつは、こちらを振り返って言う。

アトリエ奥にあるそのドアの先には後付の渡り廊下があり、本宅の裏口とつながっている。この女の正式な自室はその本宅の二階部分、アトリエからも見える庭に面した位置にあった。

「そのまま自分の部屋のベッドで寝るつもりじゃねえだろうな？」

「う、疑う、なら、別に、ついてきてもいいけど……着替えるところは、あまり、見られたくない」

「そんな格好を晒《さら》しておきながら、今更だろうが」

キャミにショーツ一枚の格好を指摘してやると、ちょっと口を尖らせて、「それとこれとは、ちがう」と口答えしてくる。

「まあ、いいよ。別にお前の着替えなんざ、好きこのんで見たいわけでもない。さっさと行ってこい」

しっしと追い払うように手を動かすと、こくりと頷いて、その腰まで伸ばされた妖怪みたいな長さの髪の毛をぶら下げて、アトリエから出ていく。しかしその直前、何かに気づいたかのように足を止めた。そして、振り返る。

——青白い肌をして、生気がまったく感じられなくて、死体のようで。

腰まで、もっさりとした長さの髪を伸ばしていて、つっかえつっかえのしゃべり方しかできなくて、歩くときはいつも猫背で。

けれども。

「……栄くん。ま、毎朝、起こしてくれて、ありがと」

笑うと、とびっきり美人なこいつは、上木田零子と言って、俺の幼馴染みだった。

俺には到底不可能な化け物じみた絵を描いて、そのくせその絵の価値などまったくわかっていなくて、そんなものどうでもいいと思っている。俺にしてみればこれ以上ないほどに嫌味な存在だった。

アトリエから一歩外に出れば、やはり茹《う》だるような暑さが襲ってきた。すぐさま中に取って返したくなるのを、多大な精神力を使って堪える。

それでも気合を入れて歩き出したところで、後ろからついてくる気配がないことに気づいた。

振り返る。零子はアトリエから出てすぐのところで動かずに、何やら鞄の中をごそごそと漁っていた。

「忘れ物か？」

「ち、ちがうけど、ちょっと、待って――」

そう答えたところで目的のものを見つけたのか、零子はホッと表情を緩めると、鞄からそれを取り出した。

ミネラルウォーター。五百ミリのペットボトルだった。

それで、ああ、と思い当たる。

視線を零子の足元に向ける。アトリエの出入り口付近には、壁際にいくつかの植木鉢が並んでいた。どれもしっかりと蕾をつけて、今にも花開きそうな姿を見せている。

しゃがみこんだ零子は、ペットボトルのキャップを開けると、それらに順に水をやっていく。

「もうじきか」

「う、うん。咲いたら、また、あげる、ね」

こちらを見ることもなく、妙に真剣な表情で鉢を見下ろしながら、零子は言う。

――零子は、いつの頃からか、こうして花を育てるようになった。絵を描くことに執着し、それしか頭にない零子にとって、これが唯一の趣味と言えるものだった。

植えてあるのは『シードペーパー』というものらしい。十種類以上の種が中にすきこまれた再生紙で、そのまま普通に紙として使うこともできるが、水に浸して土に植えればきちんと発芽し花をつける。零子の父親である一郎《いちろう》さんがよく取引先からもらってくるのだそうだ。

「あんまり、ミネラルウォーターはあげすぎるなよ。ネット情報だとおすすめはしないってことらしいぞ」

「なか、水道の水だから、大丈夫」

ボトルの中身をほとんどやり終えると、それで満足したのか零子は立ち上がった。鞄の中にしまい、歩いてくる。隣に並んだところで、俺も歩き出した。

上木田家の玄関前を経由して、庭から道路に出る。

むっと暑さが増した。強い日差しにさらにアスファルトから立ち上る熱気が加わり、まるで鉄板の上で調理されている気分になる。

高校までの距離は徒歩で二十分ほど。三年に進級し、もう二年以上同じ道のりを歩いているはずなのだが、毎年この時期になるとうんざりしてしまう。何かの苦行ではないかと思うこともあるぐらいだ。おそらく夏休み中も学校へ通うことになるため、夏が終わるまではこの暑さとうまく付き合っていくしかない。

「…………」

しばらく無言で歩き続けていた俺は、隣を歩いていたはずの人間の姿が見えないことに気づき、足を止めた。

「おい、零子さんよ」

「な、何……？」

返ってきた声は、大分後方。振り向けばいつの間にか、俺から数歩分下がった位置をそいつは歩いていた。

「何でそんな後ろに行くんだよ？　隣を歩けばいいだろ」

「と、隣は歩きたくないっていうか、その、あんまり近づきたくないって、いうか」

「お前、俺のこと馬鹿にしてんの？」

そういうつもりがないことぐらい、長い付き合いだから本当はわかっていた。

「……ったく。別に、いいけどな」

そう呟いて、俺はガシガシと頭を掻く。また歩みを再開した。

その距離は変わらないままに。

今更の話だったのだ。

まあ、ただでさえ暑くて苛々しているところで、視界にその鬱陶しい長さの髪の毛が入れば、発作的にその髪を切り落としてしまいそうになるので、その方がいいに決まっている。

ただの、気まぐれだった。

「ご、ごめんね、でも、駄目、なの。誰かが傍にいると、息苦しく……て」

「どんだけパーソナルスペースが広いんだよ。そんなんで、ちゃんと生きていけんのか？　電車だって乗れないだろ？」

「で、電車なんか、乗ったら、わ、私、死んじゃう」

「……お前は本当に死にそうだから問題だよな」

前に一度、学校行事で電車を使ったことがあるのだが、そのときは下車するなりトイレに駆け込んで朝飯を吐き出してしまった。

他者が自分の傍に近づいてくることに、極度の緊張を感じるのだ、こいつは。たとえ身内だろうと家族であろうと、それが他者であるならば、必ず。

「知ってるか、人がパーソナルスペースってのを持つ理由は、アイデンティティの獲得、プライバシーの維持、他者の攻撃からの防衛なんかの意味があるらしいぜ。つまりお前は自己主張が激しく、プライバシー観念が強く、他人を信じていないっつーことだな」

「……そ、そういう風に、言われると、わ、私が、とても嫌な人間、みたい」

「…………」

あえてそれには何も答えず、無視して歩き続けていると、ぴっと頭に何かが当たる。振り返ると俺の視線から逃れるようにして、零子はさっと頭を下げた。いつも以上に猫背になる。

「お前、今何か投げただろ？」

「な、投げて、ない……よ」

「嘘をつくな。お前は嘘を吐くと挙動不審のレベルが職質を受けかねない域に達するから一目でわかるんだよ」

「う、嘘だよ」

「本当だよ」

視線を忙《せわ》しなく動かして、もじもじそわそわしている、どこからどう見ても不審な女に向かって、そう断言した。

「……ご、ごめんな、さい」

叱られた子供みたいにシュンとしている姿に溜め息が漏れる。

どうして、こいつはこうなのだろう。

「……んで、何投げたんだよ？」

「パン、くず。か、髪の毛に、くっついてた、から」

大方、寝ているときに転がっていたものが絡まってしまったのだろう。そのことに今になって気づくということは、出てくるときに身だしなみをきちんと整えていなかったに違いない。まあ、そんなものをこいつに期待するだけ無駄なのかもしれないが。

ただ、もったいないな、と少しだけ思う。

しかし、それでいいのだと思う自分もいて。

そのままではいけないと思う自分もいる。

「もう少し、ちゃんとしろよお前。俺が言えた口じゃないのかもしれないが」

「そう、したいと、思ってる。お、思ってるけど……」

言葉は尻すぼみに消えていって、その頭はますます下がっていって、どんよりとした空気を纏《まと》う。それを見て、不意に幼い頃の七夕の記憶が思い起こされた。

うちの親父が近所の藪《やぶ》から伐ってきた笹に、まだ小学生だった俺と零子と、俺の弟の啓司で短冊に願い事を書いて吊るした。きれいな柑子《こうじ》色の夕焼けだったことを、今でも覚えている。

俺の願い事は『早く大人になれますように』。

啓司は『ごれんじゃーになれますように』。

そして零子は、『もっとちゃんと生きられますように』。

あの頃からこいつはそう思い続けていて、願い続けている。

「だったらまず、友達でも作れよ。ひとりぐらい友達ができれば、何か変わるんじゃねえのか」

「い、いるよ。ちゃんと、いる」

「うん？　そりゃ初耳だな。誰だよ」

どうせお前が一方的に友達だと思ってるだけなんだろうな、とか思いながら言った俺を、零子は上目遣いでじっと恨めしそうに見上げてくる。

「え、栄くんは、と、友達じゃ、ない……の？」

一瞬。その言葉に、思いがけないほどの衝動が込み上げてきたが、辛うじて耐える。

「友達、ね。お前がそう思うんならそうだろうさ」

「ち、ちがう、の？」

泣きそうな顔をする零子を見て、俺は胸中に巣くう感情を押し出すように、一度大きく深呼吸した。

本当に、どうしてこいつは、こうなのか。

「ちがわねえよ。俺はお前のお友達さ」

「……ほ、本当、に？」

「しつけえな。友達やめるぞ。……まあ、あれだ、なんていうかな、感覚的に幼馴染みを友達と呼ぶのは違和感がないかって話だよ」

「何となくは、わかる」

のそりと、頭を上下させる零子。

「だからお前も、もうちょっと器用になれよ。そうすれば友達なんかすぐにでもできるんじゃないか？」

俺がそう言うと、零子はこう返してきた。

「え、栄くんも、友達いないくせに、え、偉そう」

——俺は、友達ができないわけじゃなく、面倒だから作らないのだ。

というのは、いくら何でも負け惜しみのようだったので、口にはしなかった。

「えー、つまりー、この公式にこの数字を当てはめてー、こうするとー」

数学教師が黒板に書き連ねる記号群をぼんやりと見つめながら、登校途中に零子から言われたことを思う。

実際のところ、零子の口にしたことは間違いではない。こちらとしてはことさらに拒絶しているわけではないのに、結果として友達ができないというのは、やはり『作らない』というのとは少々ちがうのだろう。

が、俺自身はそれで困っているわけでもないから、積極的にこちらから動こうとはしない。そうすると結果的には周囲との交流が途絶えて、やがてそれが常となり、今に至る。

ちなみに、俺が周囲から避けられる理由は、何だか怖い、目つきが悪い、不良（死語）っぽい、近寄りがたい雰囲気を纏っている、とのこと。

なぜ、友人がいないはずの俺がそれを知っているかというと、零子ではない別の第三者に面と向かって聞かされたからだ。それも、ニヤニヤといやらしい笑みのおまけ付きで。

「あの、似非《えせ》教師め」

放課後に嫌でも目にすることになるだろう、あの癪に障る笑い顔を思い出して、自然と舌打ちが漏れる。それは思いのほか大きかったらしく、近くに座っていたクラスメイトの幾人かがびくりと反応する。

「…………」

自業自得、という言葉が頭に思い浮かぶ。小さく息を吐いて、そっとクラスメイトから視線を逸らす。

窓際の席から見える外の景色。上は青い空と白い雲。下はと見れば他のクラスが体育の授業中であるようだった。

グラウンドでは白のＴシャツに青色のハーフパンツという学校指定の体操着を着た男子生徒が、この暑さに辟易《へきえき》した様子でサッカーボールを蹴り合っている。女子は体育館で別の競技をやっているのだろう、休憩中であるらしい数人が軒下で涼みながら、ぼんやりとグラウンドの男子達を眺めていた。

そんな彼女らから少し離れたところに、何やら黒い塊が転がっている。見覚えのある姿形だった。

シャツから伸びる手足は手折れそうほどに華奢《きゃしゃ》で、三階であるこの教室からでも目立つほど白い。そして異様に長く、大した手入れもしていないはずなのにつやを失わない黒髪。

零子だった。

仰向けになって、両手を胸のところで組んでいる。その顔に白いタオルが掛かっていて、一瞬ドキリとするも、大方、運動を始めるなり速攻でバテて、あそこで伸びているのだろう。特に珍しい光景でもなかった。

その見た目から推測されるように、あいつは極端に文化系に傾いた人間なので、体力が人の三分の一ぐらいしかないのだ。

地面にばさりと広がった黒い髪の毛はここから見ても暑苦しくて、思い切ってバリカンで刈り取ってしまいたくなる。

しばらくそのまま観察していると、休憩していた女子が中に戻り、入れ替わりに体育教師がやってきて、零子にひと言ふた言話しかけた。

零子はタオルを外して上体を起こすと、ひとつ頷き、立ち上がった。そしてふらふらと校舎のあるこちらに向かってくる。

行き先はきっと保健室だろう。

「……本当に、生きにくいやつだよ」

一瞬、きらりとした日の光が目に入り、俺は目を細めた。


放課後になり、にわかに喧噪に包まれた教室を鞄片手に後にする。

いまだ陽は暮れず空は明るいままだったが、昼間に比べれば日差しは大分弱まり、暑さも和らいでいるようだった。いくらかは過ごしやすくなった校舎の中を、ひとり歩いていく。

これから街にでも繰り出すのか、軽い足取りで連れ立って歩くグループ。大仰なセカンドバッグを肩に掛けて部活に向かうのであろう運動部。イヤホンをして外界を遮断してひとり足早に帰宅を急ぐ者。

これまで時間と空間を共有していた者達がそれぞれに分かれ、散っていく様を見やりながら、本校舎を抜けて特別棟に向かう。

この時間帯に、特別棟《ここ》をうろつくのはまず文化系の部活に所属している者だけだ。そのため基本的に運動部が多いこの学校では、あまり人を見かけない。閑散とした校舎を、三階に上る。踊り場から出た廊下を左手に進む。その、階段から最も離れた位置——すなわち、最奥に俺が目指す場所はあった。

美術室と書かれたプレートのあるドア。風の通りが良いように開け放たれた入り口から中をのぞけば、視界に入るのは窓際でこちらに背を向けて立つ女子生徒。腰までの漆のような黒髪を、開いた窓から流れこむ風に波打たせて、青い空を見上げている。

「何か面白いものでも見えるのか？」

「……！」

俺が掛けた声に大げさなほどに驚き身を竦ませて、そいつ——零子は恐るおそるこちらを振り向いた。

その様子に、思わず溜め息が漏れる。軽く頭を掻いて、教室の中に足を踏み入れる。

「お前はどうして毎度毎度そう驚くんだよ？　放課後にこんなところに用があるやつなんて、俺とあの似非教師しかいないってわかってんだろ」

「そ、そんなの、わかってる、けど」

俺の言葉にもごもごと答えて、零子は顔を俯かせる。窓際まで歩み寄った俺はそんな零子の旋毛《つむじ》を見下ろして、次いで外に目を向けた。

特に何てことのない夏の空だった。何も特別なものは見えない。気持ちいいぐらいに晴れ渡って、混じりけのないきれいな青を見せているが、それだけだった。これで暑さがなければ最高なのに、と思う。

「で、でも、もしかしたらって、いうことも、あ、あるかもしれないし」

零子は先ほどの俺の言葉へ、しつこく反論してくる。こちらに視線も向けずそんなことを口にするのに、俺は鼻を鳴らした。

「いや、ねえだろ。目下、美術部——もとい、今年になって人数不足で格下げになった美術同好会にゃ、俺とお前しか所属してないんだから。こんなところに他の誰かが来るわけない」

「こんなところで悪かったね」

俺の言葉にそう返してきたのは、教室の片隅にある美術準備室、そこに続くドアから顔を出した白衣の男だった。こちらを見るその顔には、常と変わらぬ人を小馬鹿にしたような笑みが浮かんでいる。

「これでも僕にとっては居心地がいい空間なんだけれどねえ」

そう言って、何気ない仕草で煙草を咥《くわ》える。

「校舎内は禁煙だろうが、似非教師」

「火は点けないよ。あと、準備室なら吸ってもまずばれないから大丈夫」

そう言って軽く肩を竦《すく》めてみせる、二十代後半の無精髭《ぶしょうひげ》男。

こいつの名前は来栖《くるす》と言って、うちの高校で美術教師をやっている。俺と零子が所属している美術同好会の顧問でもある。

「ったく、普段のあんたがそんな不真面目な態度ばかりとるから、よその生徒に敬遠されて新入部員が入ってこないんだろ。一年のときに俺達が入ってから新入部員なんかひとりもいないじゃねえか。お陰さまで先輩方が卒業したと同時に同好会に降格だよ」

「ふむ。そこはたしかに僕の反省すべきところかもしれないけど、しかし実際、それで誰か困っているかい？　僕は面倒なことが少し減って良しと思うし、君らだって本当のところは他人がいない方が居心地いいだろう」

見透かしたような口を利く来栖に、俺は言葉を返せない。

「わ、私は、その方が、いいです。き、緊張しないで、すみます」

零子が同意するようにこくこくと頷く。

「おや、誰かさんとちがって上木田は素直だね。沖澄も彼女を見習ったらどうだい？　そうすればもっと友達もたくさんできるだろうに」

「余計なお世話だ。あんたこそ、そのねじ曲がった根性をどうにかしないと、寂しい老後を送ることになるぞ」

「おや？　僕は人当たりがいいって先生方の間では評判なんだけどね」

来栖は心外だというように、大げさな動作で両手を上げる。

「きっと、あんたの周りには上辺しか見えない人間が多いんだろうよ」

「おやおや？　知らなかったのかい、沖澄。人間関係を円滑に保つための秘訣は、他人の上辺しか見ないことだよ。深く知ろうとするのは人生のパートナーだけで十分なのさ。ま、それだって、別に深く知る必要はないんだけどね」

「たとえそうだとしても、それをわざわざ口にするあんたは、やっぱり性格が悪いんだろうな」

「核心を突いた考えだと思うんだけどね。本質的に人間は他人に興味がないんだ。年を経れば経るほど、それは際立っていくものでね、他人を気にする素振りっていうのは、結局、他者の中に取り込まれた自己を気にしているだけなのさ」

「そうかい、ならわかるだろ。俺はあんたにも、あんたのその〝俺理論〟にも興味がないんだ。その口を閉じて黙ってくれるとうれしいんだが」

いい加減、その存在が鬱陶しくなってきていた俺は冷たく言い捨てて、部活動の準備を始める。壁際のロッカーからイーゼルやカルトンなどを持ってきて先日と同じ位置になるようセットしていく。

そんな俺を眺めながら来栖はくくっと喉で笑う。

「いやぁ、沖澄と話すのは本当に楽しくてね。だからつい、僕も調子に乗ってしまう。もっと僕にかまってくれよ。僕は兎並みに弱々しい生き物だからね、寂しいと死んでしまうんだ」

「あんたは兎は兎でも因幡《いなば》生まれだろうが。きっと仲間なんかいなくても強《したた》かに生きていくだろうよ」

俺が目も向けずそう言うと、来栖は堪えきれないというように声を上げて笑い出した。

「いやぁ本当、沖澄はいいね。僕も何だかんだ言ってこの職についてから五年近く経つけれど、君以上に話していて楽しい生徒は今までいなかったよ」

「そりゃありがとうよ。ちっともうれしくないけどな。それより、そろそろあんたの本分ってのを思い出してもらいたいもんだね」

俺が来栖と無駄話をしているうちに準備を終えていた零子は、すでにスツールに座ってデッサンを始めていた。

モチーフは先日に引き続き、古代ローマの軍人であり政治家でもあるアグリッパの石膏像《せっこうぞう》。デッサン初心者の題材として使われることも多い、いかにも軍人然とした厳めしい顔つきのおっさんの胸像である。美術室の座席はロの字のように教室の中心を囲む配置になっているのだが、像は俺が来たときから既に中央に設置されていた。来栖が事前にやってくれていたのだろう。

普段の来栖は基本的に軽薄な態度しかとらないが、芸術に関すること、特に真摯《しんし》に芸術を学ぶ者に対してはその限りではないのだ。もっとも、担当する授業などはこいつの中ではその括《くく》りには入らないらしく、生徒の扱いは非常に適当なのだが。そのため一般の生徒には敬遠されているが、かつて美術部に在籍して本格的に学んでいた先輩方からの評判は上々だった。

「ああ、もちろん忘れてはいないさ。何せ僕は美術部、ではなく美術同好会の顧問だからね」

「そう願いたいね。ただのお喋りな兎にかまってやるほど、俺達も暇じゃないんだ」

俺の返答にまたもや楽しげに笑う来栖を無視して、俺も席につく。風の入ってきやすい、窓を背にした位置。

零子と横並びで座る形になったが、俺達の間には、人ひとり分の空間があった。何となく、そのぽっかりと空いた隙間を見やる。この距離が、いつもの俺とこいつの距離感だった。決して縮まることはない、俺と上木田零子という人間の。

「…………」

余計なことを考えそうになる頭を振って、前を向く。イーゼルに掛けられた描きかけのデッサンを見つめる。アグリッパ。これまでに幾度となく描いたモチーフ。

はじめて描いた頃に比べれば格段に上達しているはずなのに、その実感は少しもない。ただ技術が向上しただけで、伝わってくるべきものがないのだ。

「やっぱり沖澄は上手に描くね。上手なんだけど、それだけの絵なんだなあ」

俺の背後からのぞいた来栖のそのひとことが、全てを表していた。

「何が足りていないのかは沖澄も十分に理解しているんだろうけど、これぱっかりは頭じゃなく、感覚で摑むしかないからね」

「……そこを何とか教授するのがあんたの役目だろ」

「ひたすら描け、と言うしかないね」

「ごもっとも。反論の余地もねえよ」

肩を竦めて、大きな溜め息をひとつ。気分を切り替えて、俺もデッサンの続きを描きはじめた。


俺と零子が美術部（一年生当時）に所属するようになったのは、この学校に入学してしばらく経ってからのことだった。自宅にご立派なアトリエを持っている零子と、それを使わせてもらっている俺がわざわざ入部したのにはひとつ理由があった。零子が、絵を描くための技術を正式に学びたいと言い出したからだ。

零子が絵を描きはじめたのがいつだったのか。それは俺もよく覚えていないのだが、少なくとも物心ついたときにはもう、今のようにカンバスと向き合っていたような気もする。間違いないのは、小学校の二年か三年か、その頃にはたしかに描いていたという記憶がある。

しかしそれぐらい幼い頃から絵を描き続けてきたというのに、零子はこれまで誰かに師事したということが一切なかった。

つまり完全に独学でやってきていたのだ。それで問題はないと長いこと本人は考えていたようだが、高校に入学する頃になって、ようやく独学では表現の幅に限界があることに気づいたらしい。入学してしばらく経った頃に、きちんと絵について学びたいと俺に言ってきた。

そんな零子に対して、まず俺は当時自分が通っていた絵画教室を紹介した。美大や芸大を志すような人間も指導する、本格的に絵を学ぶための場所だ。

俺はここに中学に入学したぐらいの時期から通っていた。というのも、俺が本気で学びたいと思うようになったのがその頃だったからだ。零子が発端となり当初はお遊びぐらいの気持ちで始めたのだが、とあることがきっかけで俺はすっかり本気になっていたのだ。

だが、これに誘っても零子は頑として首を縦に振らなかった。人が多いから、駄目なのだという。

ならどうするかというところで、この美術部に白羽の矢が立ったのだ。

しかし、徒歩圏内にあるという理由だけでこの高校を進学先に決めた俺と零子は、特に美術部に興味もなかったため、その情報は一切有していなかった。

そんな事前情報もないところにいきなり零子を放り込んでは、何をやらかすかわからない。そのため、こういったことにはまったく役に立たない零子の代わりに、俺が下調べをした。

すると当時のこの部には幽霊部員を除けば、実質二桁に満たない人数しか活動しておらず、思いのほか悪い環境ではないということがわかった。

これなら何とかやっていけるだろうと俺は零子に勧めたのだが、今度は「ひとりでは入れない」と言い出した。時間を掛けて説得してみたものの、逆に零子から涙ながらに懇願され、結局は俺も入部することになってしまった。そして今に至るというわけである。

絵画教室も、辞める羽目になってしまった。来栖はああ見えて高校の美術教師にしておくにはもったいないほど講師としての能力に秀でていたので、こちらで専念した方が遥かに効率的だったのだ。

「しかしあれだね。上木田は本当にもったいないなあ。今でもコンクールに出す気はないのかい？」

しばらくの間、零子の絵を後ろから覗き込んでいた来栖だったが、やがて口を開くとそう言った。俺は動かしていた手を止めて、隣に目をやる。

「………」

来栖の言葉に、零子は答えなかった。その意識は、完全に己の世界に埋没していた。イーゼルの上にセットされたカルトン、その上に張られた木炭紙。その画面上を、握られた木炭がひたすらに走っていく。

一心不乱。小さく唇を噛み締めて、瞬きひとつせず、まるで画面を睨みつけるようにして、零子は己の目に観えるものを描いていた。

それは、これがデッサンかとうなり声を上げてしまうような絵だった。

極端に強調された陰影。放課後とはいえまだあたりは明るいというのに、画面上の、右を向いたアグリッパはその横顔の右半分が闇に沈んでいる。眼窩《がんか》のくぼみもまた実際以上に強調され、目元を隠すように陰で塗りつぶされていた。

描きこまれた線はどれも硬く、鋭利で、柔らかなものはほとんど見られない。顕《あらわ》になっている横顔から伝わるのは、軍人的な無骨さや厳しさというより刺々しさ。その眼差しは隠されているというのに、まるでこちらを睨んでいるようだった。

本来その角度からであれば胸像の視線はこちらに向くはずはないというのに、だ。陰になった眼窩の奥からの、見る者を責め立てるような視線が透けて見えるようだった。

その絵が伝えてくるのは攻撃的な怒りや拒絶、否定。

思わず息が詰まるような、恐ろしいほどの迫力、説得力があった。

ひどく主観的で、共感性に欠けたデッサンであったが、それでも見る者を無理矢理に納得させる力があった。

とすればこれは、やはりある種の本質を捉えたデッサンと言えるのだろう。なぜならば、デッサンというのは精確で緻密な写実的表現で描かれることが多いが、実のところ必ずしもそうである必要はないからだ。

もちろん、基礎を養うためにできるだけ客観的な、写実的に描くことを求められる場合はその限りではないが、今回はそうではない。来栖からは自分の観るがままに描くよう指示を受けていたのだ。

デッサンの目的は、事物の本質や構造といったものを的確に把握認識して描写する力、物事の観方を培うことにある。そして観方とは、どうしたって主観的なものである。極端に言えばその人間の世界観と言っても良い。今回の来栖の指示は、そうしたものを描けという意味だった。

つまるところ、これが零子の目から見える世界の一端なのだ。

こんな、ものが。

「……っ」

零子を見る。

身体中から発する普段からは想像できないほどの異様な熱気。生気。或いは存在感とでも言うべきもの。必死という表現そのままに絵に向き合う姿。時にそれは、溺れる者が藁《わら》にさえ縋《すが》りつく様にも似て。

どうして、と思う。どうして、こいつはこうなのか。

どうしてこいつは、こんな風なのに、こんな絵を描くことができるのか。或いは、こうであるからこそ、その代償にこれほどの才能を何かから授かったとでも言うのだろうか。

「どうなんだい、沖澄。いまだに、彼女はこの類《たぐ》い稀《まれ》な才能を世に出すことを拒んでいるの？」

背後から掛けられた来栖の言葉に、我に返る。振り向いた俺を、来栖は不思議そうに見下ろしていた。

「何だって？　俺に訊いてたのか？」

「もちろんだとも。こうなった上木田の耳には何を言っても聞こえないのは、幼馴染みである沖澄は先刻承知だろう？　相変わらず出展するつもりはないのかって話だよ」

「……その話か」

ちら、とまた零子に目をやって、俺は首を横に振る。

「以前と同じく、目立つのは嫌だって言ってるよ。この前も訊いてみたんだがな、そのときは何て言ったと思う？」

——私は、自分の絵で、誰かが喜ぶのを、許せない。

零子はそう言ったのだ。それを聞いて、来栖は驚きに目を見開いた。

「わけがわからねえよ。絵でぐらいしかこの社会とつながっていく手段がない、重度の社会不適合者だってのに、それを真っ向から否定してやがる。才能があるのに、それを他者に認められることを嫌がってんだよ」

才能は、他者に認められることではじめて、才能たり得るというのに。自分にしかわからない才能なんて、ただの妄想と変わりがないのだから。

「苛々するよ。こいつを見てると、本当に苛々する。それでどうやって生きていくつもりなんだって」

俺が持っていないもの。俺が手に入れたいと望むもの。

こいつにあって、俺にないもの。

非才であると自覚する俺からすれば、喉から手が出るほどにほしいものであるのは間違いない。しかし、

「…………」

零子の描くものを見る。

もしもそれが、世界をこんなものにしてしまう代償であるのならば。

そんなものを、俺は必要とはしていなかった。

いや、本当ならば他の誰だって。それこそこいつだって——。

「沖澄は上木田の絵を見るときは大抵ひどい顔をしているけれど、今日はいつも以上だね。誰かを殺しかねない目をしているよ」

「それで解決するのなら、俺は喜んでそうしたかもしれねえな」

「彼女を心配しているのかい？　それとも自分が願っても得られないものを持っている彼女に、嫉妬している？」

「はっ、冗談だろ。嫉妬なんかするかよ。俺が何年こいつと一緒にいると思う？　そんな時期はとっくに通り過ぎた。こいつをずっと傍で見続けてきて、こいつのようになりたいと誰が思うものか」

来栖を睨みつけながら吐き捨てるように、俺は言った。

「こんな生き方を、誰が望むか。こんな人間に、誰が生まれたいと思うか」

「そんなことを口にするやつがいたら、ぶっ殺してやるって顔だね、沖澄」

俺の言葉を聞いて、来栖はなぜかうれしそうな笑みをつくった。

「上木田零子という女の子を、君はよく理解しているんだね」

「は？　さっきから冗談きついぜ。俺がこいつを理解することなんて、きっと永遠にねえよ。俺はこいつの何もかもがわからねえ」

呆れ顔で返した俺に、来栖は面白がるような、それでいてどこか苦笑するような、奇妙な表情を浮かべる。

そして言うのだった。

「そうだね。君には弱い人間のことなんてわからないんだろうね。でもだからこそ、君は僕らみたいなのに好かれるのさ。おかしなことにね」

陽が落ちて空が薄紫色になった頃、ちょうど零子がデッサンを描き終え、それで今日の部活はお開きになった。ロッカーに道具を押し込み、来栖に適当に挨拶をして学校を出る。

通学路には同じく部活終わりなのだろう生徒の姿がちらほら見受けられた。その中に混じって俺達も歩いていく。

「…………」

零子は相変わらず俺の斜め後ろを歩いていた。他の生徒から隠れるように道の端っこで顔を俯かせて、のそのそとついてくる。

いったい、この世界の何がこいつにそこまで肩身の狭い思いをさせるのか。

やはり俺にはわからないのだ。

「なあ、今日あのヒゲ教師に訊かれたんだけどさ、やっぱりお前は、公募展とかに出品するつもりはないんだろ？」

途中、電車通学組とは道行きを異にして、俺達ふたりだけになったところで俺は訊いた。

零子は振り返った俺を上目遣いで確認すると、またすぐに視線を下げて「……うん」と小さく頷く。

「自分の絵で、誰かが喜ぶのが許せないから？」

「……う、うん」

「どういう意味なんだよ、それ？」

こいつのことだから、描いたら描いたでそれっきりで、自分の作品がどうなろうと、どう評価されようと頓着しないと思っていた。だから、この前言われたその言葉は少し意外だったのだ。

「だ、だって、腹が立つ、でしょ」

零子は、まるでそれが当然であるかのように話す。

「自分の絵の価値は自分だけがわかっていればいいとか、そういうことか？」

「ち、ちがうよ。全然、ちがう」

強く否定するようにぶんぶんと首を振る。髪の毛がばさばさと宙に散らばって、鬱陶しいことこの上ない。

そんなことを考えていた俺に、零子はふざけた言葉を口にした。

「し、失敗作、だから、だよ」

「あ？」

一瞬、理解できなかった。

「わ、私が今までに描いてきた絵は、みんな、全部、失敗作なんだ、よ」

フラッシュバックのように、これまでこいつが描いてきたものが頭を過ぎる。

それがたとえ何かの代償だったのだとしても。

俺はそんなものを一生掛かっても描けないだろうことが理解できてしまっていて。

それがもしも何かの代償だったのだとしたら。

せめて、せめてそれを認めてやらなければ、あまりにも、救われない——。

「何で、そう思う」

「だ、だって、何も変わって、ない。苦しい、まま、なんだよ。辛いまま、なんだよ」

「…………」

「そんなはず、ないんだ。本当に……本当に、ちゃんとした絵を描ければ、きっとそんなものから、解放されるはず、なんだよ」

ぐらり、と目眩がする。紫から夜色に変わりつつある空が、歪む。

こいつは、まだ、そんなことを。

「絵が——私を救ってくれるはずなんだ」

胸が、ざわざわする。この弱々しい生き物を攻撃したいという気持ちと、それとは別の、自分でもよくわからない気持ちが混じり合って、わけがわからなくなって、気が遠くなる。

「き、きっといつか、私は、もっとちゃんと生きられるように、なるはず、なんだ」

真っ直ぐな声。

記憶に残る、あのときの七夕。柑子色の夕焼け。

三人で短冊を吊るしたときとまったく変わらない切とした顔に、衝動がこの身を焼く。

「――――」

立ち止まって、勢いよく、振り返った。

零子は俯いたままで、気づかず歩いてきて、ぶつかる。目を白黒させて反射的に後退《あとずさ》ろうとする零子の、その手首を握って引っ張った。

「あ、あの……え、栄、くん？」

どこか怯えたように、こちらを見上げてくる零子に、俺は身を焦がされる。

焦げつく臭いが漂ってきそうなほどに。

けれど。

「……いや、悪い。何でもねえよ」

思いの外、澄んだ黒目――まるで持ち主の内面を反映したかのような――から逃げるように顔を逸らして、手首を放す。零子は、ゆっくりと手首をさすり、困惑した顔で俺を見る。

「気にするな」

バツが悪くなって、背中を零子に向けると、そのまま歩き出した。「あ……」と慌ててついてこようとする足音が聞こえる。

しばらく無言で歩き続けていると、後ろから、ぽつりと小さな呟きが聞こえた。

「……手首、焼けるみたいに、熱い」

どこか浮遊感を感じさせる、ふわふわとした口調、だった。


「もう、こんな時間か……」

ふと集中が途切れたところで、何気なく壁掛けの時計を確認すれば、時刻はすでに零時を過ぎていた。夕食後から自室にこもり、机に向かって勉強していたのだが、今日はいつもより集中できていたのか、あっという間だった気がする。

背もたれに背中を預けてぐうっと両手を伸ばすと、ぎしりと椅子が軋みを上げた。大きく息を吐いて、だらりと全身を弛緩させる。

「今日はここまでにしておくか」

パタンと赤本を閉じて、シャープペンシルをその上に置いた。その表紙には都内の美術大の名前が記されている。

「実技はともかくとして……問題はセンター試験だよな。絵ばっか描いてたから、遅れを取り戻すのに大分時間が掛かりそうだわ」

ひとり言を呟いて、立ち上がる。肩を回して凝り固まった筋肉をほぐしながら、そろそろ風呂に入ってくるかと考えたところで、ふと気になって窓に向かった。

カーテンを開けて、網戸越しに隣家である上木田家の、沖澄家《うち》に面した広い庭を見下ろす。片隅に建つアトリエの窓からは、相も変わらず煌々《こうこう》とした明かりが漏れている。

おそらく、あいつはまた今日も朝方まで絵を描き続けるのだろう。

何かに憑かれたように。

何かに急《せ》き立てられるように。

「そんなんでお前は、これからどうやって生きていくつもりなんだよ」

俺もあいつも今年で高校を卒業する。否《いや》が応でも『これから』を選択せざるを得なくなるのだ。普段はわりと適当な俺だって、この時期ともなればさすがに先を見て準備を始めているというのに、あいつは今も昔も変わらず、ひたすら絵を描き続けている。

多分、美術関係の大学であれば、あいつはこのまま試験を受けたとしても、どれだけ筆記の点数が悪くとも、実技で挽回することができるだろう。

しかし、そもそも今のあいつは、そんなことをこれっぽっちも考えていない。未来のこと、この先の展望、これからのことなど頭のどこにも存在していないのだろう。

現在の、今の、目の前のことだけで飽和してしまっている。

「…………」

あいつと一緒にいることがいつの間にか当たり前になって、ともに成長していくうちに思うようになった言葉が、やはりこのときも俺の胸中に浮かび上がる。幾度も、事あるごとに口にしてきた問い。

どうして、と思わずにいられない。きっと、そんなのはあいつこそが教えてほしいのだろうが。

「同じ時を過ごして、同じように育ってきて。どうして、俺達はこんなにもちがうんだろうな」

答えられる者は、いなかった。

乱暴にカーテンを閉めて、部屋を出る。

途中、用を足しに起きてきた寝ぼけ顔の啓司と遭遇した。

「ぅん……兄さん……勉強？」

「ああ」

「兄さんでも……真面目に勉強することってあるんだ……」

「俺を馬鹿にしてんのかよ、お前」

「ちがうよぉ……」

目元をごしごしやって、啓司はおぼつかない足取りで部屋に戻っていった。サッカー部で毎日厳しく扱《しご》かれているらしい中二の弟は、いつも夜十時にはスイッチが切れたように寝てしまう、健康優良児だ。融通の利かない、真面目な優等生でもある。

「もう少し、はっちゃけてもいいと思うんだがな」

誰ともなしに呟いて、俺はバスルームに向かった。

ひとりはいやだと彼女は言う

翌朝、アトリエに向かえば、零子はベッドの上でいつものように丸くなっていた。身体には何も掛けず、胎児のように膝を抱えて、静かに眠り続けている。

何となく顔を覗き込んで見る。

特にうなされているような感じはなく、小さく口を開けて、子供みたいな寝顔を晒していた。常と変わらずその肌は白いが、いつもよりは血の気を帯びているようにも見える。いい夢でも見ているのかもしれない。

ふん、と軽く鼻を鳴らして、ベッドの足元あたりに腰を下ろす。そうして、寝る直前まで描いていたのか、すぐ傍に置かれたイーゼル、セットされたカンバスに目をやった。

昨日と同じくイカロスをモチーフにしたのだろう、木炭での下描き。

前日のそれとはガラリと構成や印象が変わっていた。空に浮かぶのは、はっきりとした輪郭線で描かれた球体で、太陽というよりは月を連想させる。そしてイカロスらしき翼を持つ者は、それに向かってというよりは、あてもなく月下の夜空を彷徨《さまよ》っているようだった。

前回の悲愴感とは異なり、孤独感、迷い、冷たさといったものを想起させる絵だった。

「ん……えと、えい、くん……？」

目を覚ましたのか、零子が身体を起こした。まだ意識がはっきりしていないぼんやりとした顔で俺を見ながら、幼い子供がそうするようにごしごしと目元をこする。

「なあ。このイカロスは、自身が目指す場所に辿り着けたのか？」

親指でカンバスを示した俺が訊ねると、零子は不思議そうに首を傾げた。

「ま、まだ、わからないよ」

目眩がするような答え。

世界の見え方がちがう。思考の仕方がちがう。認識の仕方がちがう。

絶望的なほどに、常人からズレている。

「そうかよ」

意図せず冷たい声が出て、自分でも少し驚く。零子もびっくりしたような顔をして、ちらちらとこちらの様子を窺《うかが》ってくる。

「別に怒ってねえから、そんなに怯えるなよ」

「う……うん」

安心したのか、稚《いとけな》い顔でにこりと笑う。

見ていられなくて、顔を逸らした。

「んじゃ、外で待ってるから、部屋戻ってさっさと着替えてこい」

そう言い残して、俺はアトリエから出る。

しばらくして戻ってきた零子はやはりいつものように真剣な面持ちで植木鉢に水をやり、

俺はいつものようにそれを黙って見ていた。

そして、今日も変わり映えのしない授業が終わり、放課後となった。

夏休みまであと十日程度とあってか、いつもより落ち着かないざわめきが校舎内に満ちていく。いよいよ引退間近となった部活動に向かおうとする者、受験勉強のために図書室なり自習室に向かおうとする者、進路などまったく考えておらず、去年と同じように遊びに繰りだそうとする者と、さまざまだった。

うちの高校では、進学組と就職組はおよそ半々の割合で存在しているので、三年の夏というこの時期になっても活気が失われることはない。

そんな中、俺はいつもの如く真っ直ぐ美術室に向かう。美大を志望する俺にとって、実技科目でもある絵は筆記試験よりもはるかに重要な事柄だ。筆記の勉強だけにかまけて疎《おろそ》かにすることなどできるはずもない。

美術室の扉を開けると、やはりこれまたいつものように零子が先に来ていて、俺の出現に驚く……というようなことは、今日はなかった。

零子は窓際のスツールの上に、ちょこんと窮屈そうに体育座りをしていた。膝の上に顎をのせて、目の前の何かに夢中になっている。こちらに背中を向けているためにそれが何かわからず、傍に寄って後ろから覗き込む。

卒業生の制作物だろうか、木の枝やどんぐり、竹串で作られた、如何にも〝工作〟といった感じのヤジロベエだった。

それを人差し指の上にのせて、ぶらぶらと揺らしている。よほどそれが面白いらしく、わずかに口許が緩んでいた。時折、ヤジロベエの動きに同調するように自分の身体も左右にゆらゆらと動かしている。

「おい」

頭の上から声を掛けてみるが、反応はない。絵を描いているときと同じく、完全に自分の世界に入り込んでしまっているようだった。どうりで俺の登場にも驚かないわけだ。

さて、どうしたものかと思案していると、背後にふと人の気配を感じて振り返る。

「スイッチが入っちゃったみたいだよ。僕もさっき声を掛けたんだけど、悉《ことごと》く無視されちゃったよ。胸とか触っても気づかなそうだよね」

「あんた、まさか」

俺は、姿を現した白衣の変質者——来栖に、疑念に満ちた視線を向ける。

「おいおい、冗談だろう。僕がそんなことをするわけがないじゃないか。これでも歴《れっき》とした教師なんだ、最低限の倫理観は忘れちゃいないぜ」

「最低限かよ。つーか、あんたがどの辺りにその主観的なラインを引いているのかを聞くまでは、この疑念は晴れないいんだけどな」

「いやいや心配しないでくれたまえよ沖澄。この僕でも持ち合わせている程度の倫理観は、少なくとも無抵抗をいいことに教え子の身体をまさぐったりしない程度の倫理観は、この僕でも持ち合わせているさ」

「まさぐるとか言うな。あんたが言うと妙に生々しい」

「君の想像力が逞しすぎるだけなんじゃないかい？　まあ、僕のことはともかくとしてさ、沖澄はそういう気持ちになったことはないのかい？」

ちら、と零子を見やり、来栖は言う。

頭の上でこんな会話をされているというのに、零子はまったく気づいた様子もなく、ゆらゆらと上体を揺らめかせる。体育座りをしているためにスカートが捲《めく》れて、その病的なまでに白い太股が露《あら》わになり、ほんの少しドキリとさせられる。

「なる、わけがねえよ」

そこから視線を引きはがして、吐き捨てる。

「ふうん？　彼女は君が迫っても拒んだりはしないと思うんだけどね」

「だから、んなことは」

「それでも沖澄は彼女に触れようとはしないんだろうね。それは彼女のためなんだろうか、自分のためなんだろうか……っと、おいおい、そんなに殺気立たないでくれよ。ただの戯《たわ》言《ごと》だろう」

「チッ、このセクハラ教師が」

俺は握っていた拳を解くと、もう来栖も零子も放って、画材の準備を始めた。ロッカーから持ってきたイーゼルを組み立てその上にカンバスをのせる。

先週の休日のときに描いた風景の下描きだ。今日からしばらくはこれに色をのせて油彩画として仕上げていくことになる。ここのところは受験対策にデッサンを描くことが多かったため久しぶりの作業だ。

モチーフは、昔から好きでよく足を運んでいる、住宅街の外れにあるこの街を一望できる丘の上から見た光景。この街で一番好きな場所はどこかと聞かれたなら、間違いなくここだと答えるところだ。

そこから見下ろせる景色がとてもきれいで、俺は何度もその丘に登った。見る度にその美しさは姿を変え、一度たりとて同じことはなく、いつも新たな喜びを俺にもたらす。

これまで幾度もそれをモチーフに描いてきたが、俺が感じたそれを余すことなく表現できたことは、一度もなかった。今回も、そうだ。

画面の、手前に丘。次に空の下、最近成長しつつある街、ニュータウン。扇状の街並みの中には一本の川が走り、その向こうの大海原につながっている。画面の半分近くを空と海という空間が占めていた。

悪くはないと思う。そう思うが、そこに俺が心動かされた何かは感じられなかった。

とはいうものの今はまだ下描きの段階であり、実際のところは絵の具をのせてみなければどうなるかはわからない。しかしおそらく今回もまた無難な作品に仕上がってしまうのだろうと、俺は予感していた。成長、進歩した実感というものがないのに、どうして以前より上のものを描けるだろう。

「しっかりとモチーフを捉えた、なかなかいい構図だ。しかしその分、生真面目というか、面白みがないというか、どこか平凡な印象を受けてしまうね」

腰を屈めて後ろから覗き込んで、来栖もまたそう評する。

「沖澄の性格とはまるでちがった絵だ。或いは、この絵こそが君の本質を表しているのかもしれない。沖澄は意外に几帳面なところがあるからね。親に頼まれたからといって、毎朝欠かさず幼馴染みを起こしにいくような、ね」

――もう少し、はっちゃけてもいいと思うんだがな。

昨夜、弟に使った言葉がふと思い浮かんで、自嘲する。

「もしくは、弟くんと同じなのかな。型にはまらない奔放な先達を持つと、後輩はその影響で、妙に型にはまったいい子ちゃんになってしまうものだからね」

「……かもな。それは否定しねえよ」

隣でいまだにヤジロベエを見つめているこいつから、影響を受けない人間なんているはずがない。誰だってこいつの描くものを一度見れば、忘れることができず、意識せずにはいられなくなる。

それに、そもそも俺が絵を描きはじめたのだって、こいつがきっかけだった。

こいつがこんなだから、俺もまた、ひとつの望みをもって、絵を描きはじめたのだ。

「今となっては、それもどうだっていいこと、か」

小さく呟き、気持ちを切り替える。

カンバスに向き合い、その画面全体をじっと見つめた。これを描いたときの情景を思い浮かべる。目に映ったものだけでなく、己の心が受けたもの、動きも想起する。そうしながら、今回の下塗りに使う色を考えていく。はじめに画面全体を塗りつぶすこの色は厚塗りをしていくうちに隠れて最終的にはほとんど視認できなくなるが、見えなくともその色は作品全体に影響を及ぼす。

この情景で俺がもっとも強く表現したいものは何なのか。手前の丘の緑なのか、街並みなのか、空か、海か。

「ひかり、かな……」

きらきらと輝く光。それがふっと俺の中に浮かんだ。温かみのある陽である。ならば。

木製のパレットに赤や黄土系の絵の具を幾つか出してみる。いつもは単色で描くのだが、何となく今回はそれだと物足りない気もする。何種類か混ぜてみて、ピンとくるものがあったので、それで下塗りをすることに決める。

まずは筆で画面全体を塗りつぶして、その後で色の濃淡をつけて、丘や街、空、海という部分を大雑把に分けていく。

「そういや、もう少し青系の絵の具がほしいんだけど」

画面から目を離さず作業をしながら、俺は来栖に声を掛ける。視界の端では零子がいまだにヤジロベエにお熱なのがちらりと確認できた。

「また、僕の画材をかっぱらおうって魂胆かい。他ならぬ可愛い生徒の頼みだからね、無《む》碍《げ》にはしないけれど……どこの？」

「ルフラン」

「沖澄、君ねえ」

来栖の声が苦々しいものに変わる。

「あまり公務員の月給をあてにしないでほしいね」

やれやれと溜め息を吐く。

「学生は学生らしく、マツダとかホルベインとかの安価なものを使っておきなさい。と言いたいところだけど、たしかにあのメーカーは青系が豊富だし、色も鮮やかでいい。僕だって絵描きの端くれだからね、拘《こだわ》りたい気持ちはよくわかるよ。けれどね沖澄、一端の絵描きを名乗りたいのであれば、まずは自分の使う大事な物ぐらいは自分で揃えるようにしなさい。そういった甘えは、君のためには決してならないよ」

思わぬ来栖からの叱責に近い言葉だった。視線を向ければ、そこにあるのはいつものニヤけ面《づら》ではなく至極真面目なそれ。芸術に携わる者から、いまだ未熟な卵未満の者への真摯な言葉。

「まあ、僕が懇意にしている画材店からであれば、安く購入することができるから、今回はそれで我慢しなさい。僕が代理で仕入れてあげるから、御代はあとできっちり支払うこと。一度で無理なら分割でもいいから、きちんと自分の身を切って道具を揃えなさい」

「……わかりましたよ、来栖先生」

ぐうの音も出ないとはこのことか。俺に頷く以外の選択はなかった。だというのに、来栖は目を丸くしてわざとらしく驚きの表情を浮かべる。

「おおっと！　何だい沖澄、その気持ち悪い敬語に呼び方。柄にもなく僕が説教したからといって、そんなしおらしくなるなんて、君らしくもない。いつもの君なら顔を真っ赤にして逆上してもおかしくないところだよ」

「ふざけんな。あんたの中で俺はどれだけ短気な危険人物なんだよ」

俺の呆れ声に、来栖はいつものようににやりと笑った。

「そうそう、沖澄はそうじゃなきゃね。年上だろうが教師だろうが平然と傍若無人な口を利くのが沖澄栄一郎《えいいちろう》という人間だ。職員室でもいつも話題で持ちきりだよ」

「いや、俺がこんなしゃべり方をするのはあんただけだからな？」

「つまり僕が特別だって？」

「気持ち悪いなあ、あんた……」

うれしそうな顔を作ってみせる来栖に、わりと本気で言って、俺は再びカンバスに顔を向ける。

「冗談はさておき、実際、こういうときには学校から部費が下りない分、同好会っていう立場は辛いねえ。幽霊部員でもいいから、というよりむしろ面倒がない分そっちの方がいいんだけど、誰かいないのかい沖澄」

「俺にその質問をするのはまちがってるな。あんた、自分でも言ってたじゃねえか」

「そういえば可哀想な子だったね、沖澄は。念のため訊いておくけど、上木田のまわりでは――」

俺の隣に視線をずらした来栖は、そこで言葉を止めて、苦笑する。

「本当に行動が読めない子だね、この子は」

零子はいつの間にか画材の準備を終えて、絵を描きはじめていた。気配というか存在感の薄いこいつは、ときどきこういうことがある。意識を逸らすと気づかないうちにどこかへ行っていたり、或いはすぐ傍に近づいてきていたり、など。

もっとも、今のように絵を描きはじめると、逆に異様なほどの気配を放つようになるのだが。

零子はパレットを膝の上にのせ、下描きも下塗りもなしに、いきなりカンバスにナイフで絵の具を塗りたくっている。

「十年以上も腐れ縁でいる俺がこいつの行動を予測できないんだ、他のやつにわかられてたまるか」

「お、所有欲かな？　或いは独占欲？」

「知らねえよ」

来栖の下衆《げす》い勘繰りをひとことで切り捨てて、俺も絵に専念することにする。

一時間ほど経ったところで、区切りのいい部分まで描き終え、筆を置いた。隣を見れば零子も同様だったらしく、いつも通りの存在感の薄さに戻って、来栖に技術上の問題点をいくつか指摘されている。

描いている最中に言っても無駄なため、こうして描き終えた後に指導を受けるのが、通例となっていた。

「おい、絵の具が付いてるぞ」

来栖の指導が終わったところで、俺はさっきから気になっていたことを言う。手を伸ばしてそのもっそりとした髪の毛を摑むと、赤い色がついた毛先を目の前まで移動させてやる。それを見た零子は「ああ」とか「うー」とか、よくわからない言葉をもごもごと呟く。

俺はあまりないのだが、こいつはこうやって髪や服に絵の具を飛び散らせることが多い。しかもそれに頓着しない。

制服は諒子さんが気づく度、乾いて固まってしまう前にと四苦八苦して落としてくれるらしいのだが、髪は見過ごされることが多く、時間が経つと落ちなくなってしまう。

こいつはあとでそれに気づくとハサミを使って自分で適当に切ってしまうのだ。きれいな髪をしているのにやたらともっさりしたりボサボサして見えるのは、美容院にも行かずそんなことばかりしているせいもあった。

「ったく、仕方ねえなあ」

一応はこいつも女なのだから、このままにしておくわけにもいかないだろう。鞄の中から、絵の具が服や肌についたときのために常備してあるシート状のメイク落としを取り出して、拭いてやる。

一度では色が残っていたので、数枚使ってこするようにしてやるとようやくきれいになった。

「ほら、後はトイレに行って、石鹸で水洗いしてこいよ」

そう言うと、これまで黙ってされるがままだった零子は、急にぶんぶんと大きく首を振りだした。

「い、いい。必要、ない」

「といってもな、水洗いしないと髪が傷むだろうが。お前も少しはそういうところ気にしとけよ」

「い、いい。必要、ない」

機械のように、さっきと同じ言葉を繰り返す。

「何をそんなに嫌がってるんだよ？」

「……か、鏡」

「んん？」

「か、鏡を、見たくない。そこに写った自分の姿を、見たくない……から」

言うなり立ち上がると、あいつにしては精一杯の速さで、さかさかと部屋を出ていってしまう。

「何だありゃ……？」

何が気に障ったんだか、さっぱりわからない。

「僕には、少し、上木田の気持ちがわかるけどね」

声に、振り向く。

「鏡ってのはさ、その人の姿をありのままに、または客観的に写すからね」

零子の出ていったドアを見つめる来栖の口許には、自嘲するような笑みがあった。

「客観的な視点によって己を見てしまえば、大抵の人間は、自分でこうだろうと思う自分、或いはこうありたいという理想の自分とのギャップ、乖離《かいり》をどうしたって感じてしまう。今ある自分を好きでない人間にしてみれば、それは見たくないものを無理矢理に見せつけられるようなものだろうね。人によっては、恐怖すら感じるんじゃないかな」

「なるほど。それならあいつが鏡嫌いになるのも頷けるか」

話半分だが、何となく納得できるような気もした。

あいつはいつだって、変わりたいと足掻いているのだから。

首を振って、立ち上がる。零子の分まで後片付けをして、俺も美術室を後にする。去り際、来栖に気になって訊いてみた。

「あんたは、どうなんだ？」

「僕の部屋には、鏡なんてものは一枚もないよ」


翌日土曜日、休日、昼。

この日も、変わらず空に太陽は輝いていた。濃く深い青の中に、はっきりとした輪郭の白、入道雲が彼方で存在を主張している。

夕立ちになるかもしれない。

そんな空模様だった。そうなれば少しは涼しくなりそうだと考えながら、玄関を出た俺は零子のアトリエに出向いた。筆記のための勉強は午前中に大体を終えたので、午後は絵を描くために時間を使おうと思ったのだ。

熱気がこもりにくい作りをしているアトリエの中は、ひんやりとした空気が漂っていて、外の暑さとは打って変わった涼しさだ。その静けさも相まって、どこか別の世界にいるような錯覚にとらわれる。

「…………」

その外界と隔絶された世界で、主たる零子はいつもそうであるように、今日もまたカンバスと向き合っていた。俺が来たことにも気づかず、部屋の中央で、黙々と筆を走らせている。傍に寄って覗き込んでみる。

例の、月らしきものを目指すイカロスだ。もう完成間近のようで、筆を使って細かいところを描き込んでいる。

俺は壁際のベッドにまで下がって、その光景を俯瞰《ふかん》する。零子を含めて、このアトリエの全てを、視界の、意識のうちにおさめる。

ゆっくりとベッドに腰を下ろすと、ふと、懐かしさを感じる甘い匂いが鼻先を漂った。

ああ……。

あいつの、匂いだ。

「――ッ」

そう思った瞬間、はっとした。

幼い頃から散々見てきた目の前の光景が、唐突に、これまで目にしたことのない、はじめて見る何かに感じられたのだ。

匂い。現在と過去。時間。一瞬のうちに包括された全回想。想起されるイメージ。同じであって同じでないもの。眼前にある現実の光景。

ぐるぐると頭の中をそれらが回って、腹の底から突き上げるような衝動が込み上げてくる。咄嗟にあたりを見回した。ベッドの傍に、何も描かれていないカンバスが一枚、転がっているのに気づく。それを引っ摑むと膝の上にのせて、これまた近くの床に転がっていた木炭でガリガリと描きはじめた。

突き動かされるような感覚。滅多に感じられない、昂揚。

何かが、理解できたような気がする。

けれどそれは本当に刹那《せつな》の出来事で。

瞬きする間もなく虚空に消えていってしまう。

追いすがるように、手を伸ばすように、少しでもここに留めておくために、俺はその何かをカンバスに込めようとする。

自分でも驚くほどの速度でそれは描き上がっていく。

途中、零子に何かを言われたような気がしたが「黙ってそのまま座ってろ!」と叫んで、日が暮れるまで、描き続けた。

石膏像、いくつものイーゼル、カンバス、画板。

テーブルの上に散乱している絵の具、筆、油壺、パレット、ナイフ、果物。

本棚、乱雑に収められたいくつもの絵画集。

床に無造作にページを開いたまま放置されている大きな図版の写真集。

どこかから零子が拾ってきたガラクタ。八時十分を示して止まっている時計の文字盤、奇妙にねじれた一抱えほどもある木の枝、天頂部分が砕けたヘルメット。

それらの中心に存在し、カンバスに向かう幼馴染みの背中。その向こう側の窓からは、空がのぞき、薄暗い部屋の中に光を投げかけている。

気づけば、そんな光景が、描き上がっていた。

「……はあっ」

無意識のうちに詰められていた息が、大きく俺の口から吐き出された。

途端、疲労がどっと押し寄せてきて、カンバスを足元に立て掛けてからベッドに寝転がった。全身を、自分以外の人間の匂いが包む。

ぎしっと音がして、天井から横に視線をずらすと、ベッドのこちらから最も離れた位置である端っこに、ちょこんと座った零子の姿が見えた。

何か言いたそうな、けれど何を言ったらいいかわからない、そんな顔で、零子は俺を見ていた。その頬は心なしかいつもより血色がいいような気もする。膝の間に挟んだ両手を落ち着きなくしきりにこすり合わせていた。

視線がぶつかる。

いつもであればすぐに逸らされるはずの零子の黒い瞳が、このときは無言で俺を見続けていた。

それは何かを問いかけているようで、何かを訴えかけているようでもあって。

カンバスにおさめた情景を思い出す。

いつも目にしているものが、まるでちがうものに見える瞬間。

何かをわかったような気がした。

何かの、答えを得たような気がしたのだ。

しかしそれは、するりと俺の手から逃げていってしまった。

「さっきは……その、悪かったな」

他に言うべき言葉があったような気がするのに、それは既に俺の中には残っていなくて、結局自分の口から出たのはそんなものだった。

「も、もう、いいの？」

「ああ、とりあえずはもう大丈夫だ」

俺がそう言うと、零子は視線を自分の膝に落として、無言になる。それがいつものこいつらしくないような気がして、内心で少し慌てる。

「いや、本当に悪かったよ。迷惑掛けたな」

「べ、別に、いい。全然、だいじょぶ」

零子はぶんぶんと首を振る。髪の毛が散らばり、同時にパンくずがこつんと鼻先に当たった。また髪に絡まっていたのだろう。近くに落ちたそれを指で摘んで、飛んできた方向に視線をやる。零子が、きまり悪そうな顔でこちらを見ていた。

溜め息が出た。いつものこいつだった。何だか無意味に緊張した気がして、一気に脱力する。頭を起こして、摘んだそれをくずかごに向かって放り投げる。しかし狙いが外れて、床に落ちてしまう。

まあ、いいだろう。今更、パンくずのひとつやふたつ。

ぼふっとベッドに再び頭を沈ませる。

「…………」

しばらく、沈黙が流れた。零子はどうしてか気落ちした様子で顔を俯かせていたが、唐突に何かを思い出したように立ち上がった。零子にしては足早にアトリエから出て行くと、一分も経たずに戻ってくる。

その腕には、見事に花を咲かせた植木鉢がひとつ抱えられていた。鮮やかな赤。細かい花弁がいくつも円状に重なるように連なり、半球を作っている。

「咲いたんだな」

身体を起こしてそう言えば、傍までやって来た零子はこくりと頷いた。その顔に表情はなく、今どういった気持ちを抱いているのか外からでは推し量れない。

「たしか、百日草だったか？」

「ど、どうだろ？　わからない。興味、ないから」

首を傾げてそんなことを口にする零子を、見上げる。

シードペーパーはランダムに種が埋め込まれているので、どの花が咲くかは育ててみないとわからない。さらに場合によっては発芽しないこともあり、市販の専用の種に比べるとどうしても安定性に欠けてしまう。零子もこれまでに何度も失敗していた。

きちんと花を育てたいのなら市販の種を使えばいいのにと思うのだが、零子はシードペーパーを使うことに何らかの拘りがあるらしく、何度失敗してもこれ以外で花を育てることはなかった。

そのくせ、花が咲いてもうれしそうな顔をすることもなく、咲いた花の名前も知らず、調べようともせず、今のように興味がないと口にするのだ。

正直なところ、こいつが何を求めて花を育てているのか、俺にはわからない。

「あげ、る」

俺を見下ろして、零子は鉢を差し出してくる。

こうやって、こいつは花が咲くといつも、俺にその内の一鉢をよこす。それが、毎回の常となっていた。

受け取って、膝の上に置いたそれを改めてよく見る。

「きれい、だな」

口許が緩む。

思わず目が惹きつけられるほど色鮮やかに発色しているのに、派手という感じがない。鮮血のような赤ではなく、やや橙を帯びていて、それが全体的な色彩を柔らかくしているのだ。その色合いが、花の生気の象徴のように思える。

精一杯生きているいのちの、色。ありのままの色。

こういったきれいなものを目にする度に、その生《なま》の色を再現できない己の未熟さに俺は歯噛みする。本質を捉えられない自分に、うんざりするのだ。

世界の美しさを目の当たりにした感動と、自分の至らなさへの苛立ちが入り混じった複雑な感情が、溜め息となって漏れた。

顔を上げる。俺の前に立ったままの零子が、いまだ俺を見下ろしていた。

「キレイに、なった？」

「ん？　ああ、よく育ったと思う。きれいだよ、この花は」

俺が正直に答えると、零子は喜びというよりは、安堵の表情を浮かべた。これも、いつもと似たような反応だった。

本当に、こいつは何を思って花を育て、何のために俺に渡してくるのだろう。以前、世話を忘れて、もらった花をすぐに枯らしてしまったことがあるが、そのときもこいつは特に悲しみも怒りもせず、興味がなさそうに聞き流すだけだった。

きちんと花が咲いて、それを俺に渡してしまえば、あとはどうでもいいというように。

渡してくる花に何か意味があるのかと花言葉を調べたこともある。

百日草は『別れた友を思う』『遠い友への思い』。他には『私を忘れないで』の勿忘草や『別れの悲しみ』のひなげし、『可憐』『成功』のネモフィラも渡されたことがあった。

けれどそこに何らかの意図が込められている様子はなく、単に開花した鉢の中で、もっとも見栄えがいいものを選んでいるだけのようだった。

——やはり俺には、零子の考えていることが、理解できないのだった。

さっきと同じようにベッドの端に腰を下ろした零子を、ちらりと見やる。

「なあ、お前さ。これから、どうするつもりなんだ」

声を掛ければ、零子はびくりと身体を震わせた。

「進路だけに限らず、これから、どう生きるつもりなんだ？」

「…………」

零子は答えない。ただ、俯いて丸くなった背中が少し強張ったような気がした。まるで俺の言葉を拒絶するかのように。

「お前のことだから、どうせ先のことを考える余裕なんかないんだろうが、今だけを生き続けることなんて、できねえんだぞ」

それでも、零子は答えなかった。ただ俯いて、沈黙している。

その姿に苛立ちを覚えて、言葉が口から滑り出る。

「まあ、いいけどな。俺はお前がどうなろうと関係──」

「っ」

ない、と言いかけたところで、勢いよく零子がこちらを向いた。

唖然とする。

零子は、泣いていた。その眦《まなじり》から、大粒の涙をいくつも零して。

いったい、今のどこに泣くようなポイントがあったのだろう。

俺にはわからなかった。わからないが、それでも零子は泣いているのだった。

多分、俺にはわからない理由で、俺にはわからない感情で。

「ひ、ひ、ひ、ひとり、は、い、い、いや、だ、よ」

ひっくひっくとしゃくり上げながら、零子はそんなことを言う。

「ひとり、は、い、いや、だ……！」

まるで俺を責めるようにその言葉を口にする。しかし、俺にはその理由がわからない。

悲しみの原因が伝わってこない。だから、何も言えない。何もできない。

「わか、わかってる、んだ、から……そんな、こと、わかってる、から」

ひとりは嫌だと口にして、泣いて、肩を震わせて、けれどこいつは俺との距離を絶対に縮めようとはしない。

その距離が、まるで俺とこいつの間の、決定的な溝のようだと、俺は思った。

「…………」

俺は何も言えず、ただ零子が泣きやむのを待つしかなかった。

「お味の方はどうかしら、栄くん」

スプーンを口から離した俺を見て、諒子さんがそう訊ねてきた。

あの後。

まるでタイミングを計ったかのように、零子が泣きやんだ頃に、諒子さんが姿を現した。

そうして、夕飯を食べていかないかと誘ってきたのだ。

というか、まちがいなく、外で中の様子を窺っていたのだろう。零子の真っ赤になっている目を見ても、何も言わなかったのだから。

そういった事情で、俺は上木田家の夕食のご相伴に与《あず》かっていた。俺の向かいに諒子さん、その隣に零子の父親である一郎さん。零子は俺の隣に座っていた。

ちなみにメニューはカレー。いつもながら、その味は沖澄家より数段上だった。

「ええ、おいしいです。結構手間が掛かってますよね、これ。ジャガイモの煮え具合が絶妙です」

「あら、わかるの？　栄くんってかゆいところに手が届くというか、褒めてほしいところをちゃんとわかって褒めてくれるわよね。案外、先生とか、そういうのに向いているんじゃないかしら」

「先生……ですか。俺が、ねえ。あんまり、なりたいとは思いませんけどね」

どこぞの似非教師の姿が思い浮かんで、複雑な心境になる。

「零ちゃんは、どうかな？」

「え……？」

諒子さんは俺の次に零子に訊ねた。にこりと、微笑みを浮かべながら。

けれど俺は気づいていた。その笑みに、少し緊張が混じっていることを。

だから、どうしても、その笑みは作り物じみてしまう。

「カレー、どう？」

「う、うん、お、おいしいと、おもう、よ」

零子の方もまた、ぎこちない態度で答えを返す。そして、すぐに俯いて、まるでそれ以上の質問を拒絶するようにパクパクと勢いよくカレーを食べはじめた。

何とも言えない沈黙が食卓に降りる。

「零子は、そろそろ、進路を決めたのか？」

それまで黙って食事をしていた一郎さんが、沈黙を誤魔化すように口を開いた。諒子さんがそれを聞いて表情を強張らせるが、一郎さんは気づかない。

「え……い、いや、ま、まだ」

「そうか。しかし、さすがにもう何かしら決めておかないとまずいだろう？　はっきりとした展望がないなら、入れる大学に入って、そこで改めて考えてもいいしな」

「う、うん。で、でも……わからない、よ」

俯いて、表情を隠し、零子はぼそぼそと喋る。その肩がかすかに震えていた。

一郎さんは困ったように諒子さんと顔を見合わせ、諒子さんが首を振ると、小さく溜め息を吐いてそれ以上は何も訊こうとしなかった。

零子は溜め息を聞くと、ビクッと身体を竦ませる。ますます顔は俯いていき、背中は丸まっていった。

そして、それっきり大した会話もなく、気まずい雰囲気の中、食事は終わりを告げた。


アトリエに戻るなり、すぐさま零子は絵を描きはじめた。

仕上がっていたはずのイカロスの絵の上に、さらに絵の具を厚くのせていく。まるで何かから逃げるように、或いは何かを求めるように。

必死と言ってもいいような、鬼気迫る雰囲気を宿したその背中は、孤独だった。

俺がここにいるのに、独りだった。

「…………」

ベッドにごろりと横になって、俺はその姿を眺める。

諒子さんも一郎さんも、悪い人ではない。零子だって、両親を厭《いと》うているわけではない。

ただ、この親子の間には埋められない溝が、もしくは越えられない壁があるのだ。

食いちがっている。掛けちがえている。

諒子さん達は零子のことが理解できなくて、零子はそれに気づいてしまっていて、けれどうしようもなくて、どうすることもできなくて、互いにどういった態度を取れば良いかわからずにいる。

もう、ずっと昔から。

結果、娘のよくわからない何らかのスイッチを押さないように、繊細過ぎる心を傷つけないようにしているうちに、親子の関係はああなってしまった。あのように、互いの顔色を窺うような形に落ち着いてしまったのだ。

だから、娘の望むものなら何でも買い与えた。絵に興味を持てば道具一式を買い揃え、本格的にやりはじめたらこんなアトリエまで建ててしまった。

これが、あの人達にとっては、愛情の代償行為なのだろう。

「……ん」

そんなことを考えているうちに、腹が満たされたせいか、うとうとしてしまった。いい感じに気持ち良くなってきて、次第に瞼《まぶた》が重くなり、だが次の瞬間、人の気配を感じてハッと覚醒する。

ベッドに誰かが腰掛けている。零子かと思ったが、ちがった。

「啓司か」

「うん。最近は部活で忙しくて、零ちゃんと顔を合わせてなかったから。久しぶりにね」

弟は絵を描く零子の背中を、足をぶらぶらさせながら眺めている。

「何でも、お前のとこのサッカー部は全国大会も夢じゃないとか聞いたが、実際のところどうなんだ？」

「え？　うーん。たしかにそう期待されてるけど、あんまり実感はないかなあ。近隣の学校と試合をしたって、大差で勝つわけじゃないし」

「そのサッカー部のエース様が、よく言うぜ」

「やめてよね、そういう言い方」

怒ったようにそっぽを向く。その横顔や反応がまだまだガキという感じで、思わずニヤけてしまう。

「……相変わらず、零ちゃんの集中力ってすごいよね。本当、他に何も見えてないっていうか」

ぽつり、と啓司が言った。

「集中力、ね」

そう言うには、零子の纏う雰囲気は少々狂気じみている。

「たしかに、他には何も見えちゃあいないんだろうがな。本当に、どんなものだって」

それは、多分、非常に危うい。周りが思っている以上に。

その日の零時過ぎ頃になって、ようやくイカロスの絵は完成した。

結局うたた寝をしてしまった俺が零子に起こされて目にしたのは、大地にある太陽を目指すイカロスだった。

夜空のような黒を背景に、上は月、下には太陽らしき球体。
その下の太陽へと、翼を持つものは向かっていた。
或いはそれは、太陽へ墜落しているようにも見える。
——はたして、イカロスは目指す場所に辿り着けたのだろうか。
そう訊ねても、零子は何も答えなかった。
その過程がどうであろうと、結局は太陽に辿り着いてしまうのならば。
きっと、結末は変わらないのだろう。その最期に待っているものは。

そして彼は階段を上がる

夏休みに入った。

しかしそれでも、俺や零子の行動パターンは大して変わることはなかった。俺の場合は受験勉強をして、絵を描いての繰り返し。零子の方もただひたすらに絵を描いて、その合間に新たな花を育てはじめるという、いつもと同じ日々が繰り返される。


「お前、少し瘦《や》せたんじゃないか？」

この日は、朝から学校に来ていた。週に三日は美術室で来栖の指導を受けて、それ以外は大抵零子のアトリエを使って絵を描く、というのが俺達の夏休みだった。

「聞いてんのかよ？」

いつもの定位置。窓を背にして、ひとり分の空間を挟んで並び俺達は絵を描いていた。

下描きを終えてその出来を確かめているらしい零子に俺は訊ねたのだが、答えは返ってこなかった。身体を変な風に傾けて「うー……ん」とうなっている。今は正気の状態でまちがいなく俺の言葉が聞こえているはずなのに、完全に無視を決め込む。

「……駄目」

どこか気に入らない部分があったのだろう、やがて零子はカンバスに大きくバツ印を描くと、イーゼルから外して脇に除けた。新しい布地が張られたカンバスを掛け直す。

「そう、かな」

そして俺の方に顔を向けて、言った。一瞬、それが先ほどの言葉に対する返答だと気づかず、反応が遅れる。

「……何となく、そう見えるけどな。ここんところ暑い日が続いてるから、夏バテじゃねえのか？」

「そんなこと、ないと、思うけど」

しかし、そう答える零子の顔は、いつも以上に血の気がないようにも見える。

「夏バテには梅が効くよ。梅酢なんかオススメだけどね。おいしいし」

準備室から来栖が姿を現す。両手を白衣のポケットに入れて、口には煙草が咥えられていた。白い煙。一瞬目の錯覚かと思ったが、煙草の先からはたしかに白い煙が立ち昇っているように見える。

「おい、来栖先生様よ。その煙草、火が点いてるように見えるのは俺の気のせいなのか」

「んん？　こりゃあれだよ。ほら、子供の玩具のさ、煙が出るやつ」

「明らかにモノホンの煙の臭いがするんだけどな」

「夏休みだから、バレないって」

「どこの高校生だよ、あんた……」

ニヤニヤと笑ってひょいと肩を竦める来栖。

いつもながら真面目に勤めている教師にケンカを売っている男だ。

「でもま、上木田はたしかにちょっと痩せたかもね」

フィルターから口を離した来栖は気持ちよさげに煙を吐き出すと、零子を見やった。その頃にはすでに零子は新たな下描きをはじめている。

モチーフは、台の上に置かれた古ぼけたフランス人形だ。

「ちょっと、気をつけておいた方がいいかもしれない」

まるで睨み合うかのように、微動だにせず人形を見つめる零子を横目に、来栖はぽつりと言った。

「ああ。こいつはいったん描きはじめると、止まらなくなるからな。こういう時期は結構体調を崩したりするんだよ」

「身体の方もそうなんだけど」

この男にしては珍しく、どこか煮え切らない態度だった。何かをその後に続けようとして、しかしすぐに「いや、気にしすぎかな」と小さく呟き、首を振る。

「ま、上木田については僕より沖澄の方がわかってるだろうからね、任せるよ。せいぜい、甲斐甲斐しく世話を焼いてあげるがいいよ」

「俺はこいつのメイドじゃねえよ」

来栖は「メイド」とオウム返しに呟くと、ぷっと噴き出した。

「意外に沖澄はそういうのが合ってるかもね。執事とか、芸能人のマネージャーとか。ぶちぶち口では文句を言いながらも、献身的に世話を焼く姿が目に浮かぶようだよ」

「ざけんな。それならまだ教師の方がマシだっつの」

「教師？　教師かあ、沖澄が。誰かに言われたのかい？」

「零子の親にな。それに関する賛否はともかくとして、少なくともどこかの誰かよりまともな教師になる自信はあるさ」

「知り合いにそれほど駄目な教師がいるのかい？　一教師として、それには憤慨せざるを得ないね」

いけしゃあしゃあとそんなことを宣《のたま》う来栖。

俺はふん、と鼻を鳴らして、自分も作業に入る。以前の風景画の続きだ。手前の丘の緑、灰色主体の街並みはほぼ仕上がっていた。

空と海と川も手持ちの青系色で一通り色をのせてあるのだが、どうもしっくりこない。ここがこの絵の要《かなめ》となる部分だというのに、他の色の中に埋没してしまい、全体の印象がひどく平凡になってしまっているのだ。

致命的な何かが足りていないというのに、それがわからない。

とりあえず今回は、先日来栖経由で届いた例のルフランで色味を変えて試してみるつもりだった。昨日一日使って、大体の発色や使い心地は確かめてあるので、今日が本番ということになる。

「けどまあ、冗談はともかくとして、教師も沖澄には合ってるかもね。ある意味、教師も生徒のメイドみたいなものだから」

「そんな風に思ってんのは、きっとあんただけだ」

パレットに絵の具を垂らし、溶き油でちょうどいい柔らかさにまで薄める。

「どうかね。昔ならいざ知らず、現代の教育は教えるというより奉仕といった言葉の方がぴったりくると思うんだけど」

「最近の教師は大変だよな、とは俺も思う」

来栖は皮肉めいた笑みでそう口にする。

「大変どころじゃないよ。ストレス社会の極地と言っても過言ではないと思うね、個人的には」

「その割にはあんたはずいぶんと自由に振る舞っているように見えるけどな」

「これでも胃薬は手放せない人間なんだ」

ふざけたように胃のあたりを手で押さえる来栖は、そこで何かを思い出したように手を叩いた。

「君らは、今日の昼はどうするつもり？　僕は今日はガツンとしたこってり豚骨系のラーメンを頼むつもりなんだけど。何なら一緒に出前を取るよ」

数秒前の自分のセリフを完全に忘れた内容だった。

「奢《おご》りだったら当然頼むが、そうじゃないんだったらコンビニにでも買いにいく」

「じゃ、自分らで何とかしてくれ」

にやりと笑って、来栖は美術室から出ていった。それを目の端で確認して改めて作業に集中する。

しばらく、静かに時間が過ぎる。

グラウンドから聞こえてくる運動部の掛け声。金属バットにボールが当たる甲高い音。サッカーボールを蹴る鈍い音。吹奏楽部の練習する統率のない音。ノイズでありながら調和しているような、不思議な音の重なり。

それらはまるで別の世界の出来事のように、ずっと遠くから聞こえてくる。この空間だけが切り取られて、静かだ。いや、よく耳をすませば、わずかな音が聞こえてくる。

絵の具を筆につける音。それを塗りつける音。カンバスに木炭を走らせる音。服の擦れる音。かすかな呼吸の音。そのうちに鼓動の音さえも聞こえてきそうで。

無音ではない。生《せい》の音。生者の立てる音。生命の鳴らす音で、満ちている。

不思議と、心が安らぐ。

ここに、たしかに俺はいるのだという感覚。

隣に、あいつがたしかに存在しているのだという感覚。

ときどき、部屋の中にこもる熱気を押し流すように、背にした窓から涼やかな風が入り込んでくる。

意識が、どこかへと、浮いていく。

頭の中でイメージした通りの色が走る筆によって空と海と川を染めていく。けれど、それだけでは、やはり足りないのだ。

何かが、足りていない。

模索する。パレットの上にたくさんの色をぶちまけて、探す。混ぜ合わせる。探す。色を追加する。探す。

「――――」

閃き。光。ヒカリ。ひかりが、ない。

空だけではない。海だけでも川だけでもない。街にも、丘にも、この世界には、ひかりが足りていないのだ。

赤、黄、橙。それらの色を海と空を主にして画面全体に散りばめていく。陽の光。イエロー。燃えるような太陽。レッド、オレンジ。さらにホワイトを。

白い光を、力強く、のせていく。光の持つ眩いばかりの輝きを再現するように、重ねていく。

あのとき、丘の上から見た情景が、生き生きと蘇ってくる。

画面手前から、なだらかに画面の中央に向かって沈んでいく緑の丘。風にそよぐ青々とした瑞々しい草原。その先から顔を現す、中途半端な高さのビルやマンション、家屋。発展途上の街並み。

それら建築物が密集する中には一筋の川。きらきらと陽を反射する光がその穏やかで澄んだ流れを見る者に理解させせる。

そして川の流れ着く先。街の背景に存在する鮮烈なる深い青。大海原。地平線の向こうは陽の反射でまるで光の洪水のよう。

その地平線より上にはまた別種のブルー。空。その青は、濁りのないカラッとした、透き通るような青。光。

頭の中に浮かぶあのときの景色。それを目にしたときの、普段とは異なる心持ち。清冽《せいれつ》な水の流れ、或いは清涼なる風のような一瞬の感銘、感動、煌《きら》めき。

己の中の、その新鮮なる驚きの刹那、一面。それをそっくりそのまま、表す。込める。

自分は今、描いているのだ、という思いがあった。

喜び。

絵を描いていてそれを感じるのは、ずいぶんと久しぶりのような気がする。浮遊するような、覚束ない気持ちの中、ついに俺はそれを描き終える。

「――――」

再現されたその情景を見て、俺は思う。

溜め息が、自然とこぼれて。

ああ、きれいだな、と思うのだ。

そんな光景に出会う度、俺の身体中はその感情に、衝動に支配されて。

世界はこんなにもきれいなのだと、いつだって思うのだ。

俺がこの世界に生まれた意味は、俺がこの世界を生きる意味は、きっとそこにあるのだと、この身体の細胞一つひとつが、全力で叫ぶ。

その余韻が続いているのか、世界が妙にクリアに見える。

何もかもが新しく見える。何もかもが鮮やかに見える。アンテナが開きっぱなしになっている。

「――――」

ふと、その剝き出しの心が何かの予兆を感じ取って、隣を向く。

零子がいた。零子がいる。

当たり前のことだというのに、俺はそのとき、そう思ったのだ。

そして、風が吹いた。ざあっと空気がざわめき、クリーム色のカーテンがはためく。風に流されて、零子の長い黒髪が宙に舞う。零子は突然の強い風に、暴れる髪を押さえて、こちらを向く。その目はぎゅっときつく閉ざされていて、まるで何かに怯えているよう。

しばらくして風がおさまると、恐るおそるといった調子で、その瞼が開かれる。

全ての光を吸い込んでしまいそうな、黒く大きな瞳。白い肌の中、それは一際強く目立ち、見る者の目を否応なしに引きつける。

何を考えているかわからない、感情が読み取れない黒目。

無機質で。

だから、きれい。

その目が、俺を捉え、俺はその目を捉える。

目が、合った。

ああ――。

頭の先から足の先まで、雷に打たれたような衝撃が貫く。

強烈な、たったひとつの理解が、俺の中を走り抜ける。

これから先、この刹那は、永遠に俺の心に巣くうだろう。脳裏に焼きついて、きっと離れない。

けれど、おそらく、自分がこの光景を描くことは一生ないのだろう。

これを形にするということは、それが白日の元に晒されるということだから。

それを隠すことなど、きっと、できない。

なぜならば、俺がこの光景に込める思いがあるとするのなら、それは、間違いなく零子への――。

「お腹……空いた」

自分を見続ける俺をどう思ったのか、不思議そうに首を傾げた零子は、やがてぽつりと呟いた。その言葉に、たった今感じていたあらゆるものが俺の中で急速にしぼんでいく。

次いで、きゅるる、と小さく零子の腹の音が鳴ったときには、完全に消え失せてしまっていた。

「ったく、お前は」

思わず溜め息が出る。零子はそんな俺にかまわずカンバスに向き直ると、しばらく見つめた後で、おもむろにイーゼルから外し、一枚目のカンバスの隣に並べた。

「何だよ、それも気に入らなかったのか？」

「うん、ぜ、全然、駄目」

こいつには珍しく、どこか苛立っているようだった。親指の爪をカリカリと噛んでいる。

それを横目に、俺は足元の鞄を探って自分の財布を取り出した。

「一段落ついたから、とりあえず俺はコンビニに昼飯買いにいってくる。お前はいつものレーズンパンと牛乳でいいか？」

中身を確認しながら問うと、「うん」と返事が返ってくる。その組み合わせが外で食事を買うときの零子の定番なのだ。食事に興味がないこいつにしてみれば、大抵はどこの店にも置いてあるこれが、一々メニューに頭を悩ませる必要もなく簡単で手っ取り早いということらしい。

「お、お願い」

ポケットをごそごそやって、零子は五百円玉を差し出してくる。

「お前、いい加減財布持てよ」

「い、いいの。必要、ない」

「さいですか」

それ以上何を言っても無駄なのは長年の経験からわかっているので、軽く流して、金を受け取る。ふと、こうやってごく自然な流れで俺が零子の分まで買いにいくあたりが、来栖に揶揄《やゆ》される原因なのだと気づいたが、今更だった。

何も言わず預かった五百円玉をポケットに突っ込むと、そのまま教室を後にする。

買い物を終えて美術室に戻ると、どうしてか、零子が呆然とした顔で俺の絵を見つめていた。

中に入ってきた俺に気づくと、その見開かれた目が俺に向けられる。

「えい、くん」

零子は何かを口にしようとして、しかし、すぐに諦めたように俯いた。

「何だよ。文句でもあるのか？」

俺の絵を見てこいつが妙な反応をするということに、過去の嫌な思い出が蘇る。

かつて、俺が自分の描いた絵と零子のものを一々比べては悔しがっていた頃の話だ。こいつはそんな俺を見る度に、にやりと不気味な笑みを浮かべたりするような、底意地の悪い根暗なガキだったのだ。そして多分、今でもそんな部分が残っているので、何か言われるのかと思ったが、どうもそういった雰囲気でもないようだった。

「……お、置いて……か、ない、で……よ」

俯いたまま、ぼそぼそと零子は喋る。

「あ？　何だって？」

「とお……い。どう、して……どうして、そ、そんなに」

きゅっと拳を握ると、零子は突然立ち上がった。

「おい、どうした。具合でも悪いのか？」

「……かえ、る」

顔を上げずにそう言うと、鞄を引っ摑んで足早に俺の脇をすり抜けていこうとする。俺は咄嗟にその肩を摑んで引き止めた。

「いきなり何だってんだよ。調子が悪いんなら、そう言えよ」

「っ」

しかし零子は身体をひねって俺の手を外すと、強引に出ていこうとする。

「おい、わかったよ。わかったから、何も聞かねえから、飯と釣りだけは持ってけ」

無理矢理こちらを振り向かせて、その手に零子の分の買い物袋と小銭を握らせる。そして、何気なく視線を上げて、ぎょっとした。

「…………」

零子は、今にも泣き出しそうな顔で俺を見上げていた。その目は、まるで俺を責めているようで、けれど結局、零子は何も口にしなかった。再び俯くと、心なしか肩を落として部屋を出ていった。

「……いつものことと言えば、いつものことだがな」

何となく、違和感があった。今までのあいつの不安定さとはどこか異なっているような。

俺がひとり首を傾げていると、来栖が戻ってきた。

「上木田、どうしたんだい？」

途中で顔を合わせたのだろう、廊下を振り返りながら俺に問うてくる。

「何だか、妙に落ち込んでいたようだったけど」

「さあな、さっぱりだ。飯を買いにちょっと出て戻ってきたら、もうあんな風になってたよ」

コンビニ袋を持ち上げて見せる。

「俺の絵を見ていたようだけど、まさかそれであああなるとも思えないしな」

「沖澄の？　例の街の絵かな。完成したのか」

「ああ」

親指で、こちらからだと裏側になってしまっているカンバスを指し示す。来栖はどれどれ、と例のニヤけ面でその向こうに回り込み――その笑みを、唐突に消した。

「…………」

驚いたように目を見開いて、それから食い入るように絵の隅々《すみずみ》まで視線を走らせる。美術室の中の空気が、ぴんと緊張したものに変わる。思わず、俺もごくりと喉を鳴らしてしまった。

その後たっぷり五分間、来栖は俺の絵を見続けた。

「ときどき、いるんだよなあ」

絵から目を離すと、来栖はふうっと大きく息を吐いて、ぼやくようにそう言った。

「ある日突然さ、何かを摑んで、それまでとはまるっきりレベルのちがう絵を描きはじめるやつってのがさ。ネトゲで言えば、開始直後にいきなり上級職にクラスチェンジしたみたいな、ね」

「いくら何でもその例えはねえだろうよ」

「これ以上にわかりやすい例えなんてないよ。僕らからしてみればバグとかチートとか、そんな風にしか思えないんだから」

来栖はよいしょ、と爺臭い言葉を吐くと、行儀悪く作業台に腰掛けて煙草を咥えた。躊躇なく火を点け、大きく吸い込む。

「まあ、これを見ちゃったんなら、上木田のあの様子も頷けるね」

煙を吐き出しながら、気怠《けだる》そうに告げる。

「……どういうことだよ？」

「どうもこうもないさ。正直、僕だってクるものがある。沖澄は自分でこの絵を見て、気づかないのかい？」

「気づくって……何が？　今回はうまく描けたと思うんだが」

来栖の横に並んで、改めて自分の描いた絵を見てみる。丘上から見たあの情景を、そのときの俺の感動を含めて再現できていると思う。

俺の認識、観方が、完全に復元されている。今まで描いてきた中でもっとも完成度の高い作品だと思うが、それでこういった反応をされる理由がわからない。

俺は、俺がきれいだと思うものを、ただ絵にしただけなのだ。それがこれまでになくうまくいったというだけで、決してそれ以上のものではないのだが。

「これが当たり前に見えているんだとしたら、やっぱり君はちがうんだろうね。僕らとは、ちがうんだろう。僕達はね、当たり前に世界をこんな風に見ることはできないんだ」

「………」

「気づいていないようだから教えてあげるけど、沖澄、君の描いたこの絵は上木田の描くものとは正反対なんだよ」

「正反対？」

「そう。真逆の絵なのさ。上木田は人の内面、特に己の内面をひたすらに、えぐり取るようにして描いている。自分の願望や苦悩、己に付随するもの、または他の事物の中に己が抱えるものを見いだし、絵にぶつけている」

たしかに、その通りだ。人間としての、圧倒的な弱さ。それが、あいつに見る者の心を震わせずにはいられないエグイ絵を描かせている。

「しかし、沖澄のこの絵はちがう。これは、人の外側なんだ。世界のありよう、その生命力、生の躍動を見事に捉えて描ききっている」

「そりゃ褒めてる、んだよな？」

「もちろんだとも。こうなってくると、下描きの段階では欠点にも思えたこの平凡な構図も、素直さという美徳になってくるね」

「あんたにストレートに褒められるってのは、むず痒《がゆ》いな」

多分、来栖に指導されるようになってから、これがはじめてだろう。うれしいような、気味が悪いような、変な感じだ。

「こういう生き生きとした絵を描けるということは、沖澄が世界をこのように見ているということだ。けれどこんな世界が君にとっての当たり前なら、今まではただそれを真に再現できていなかっただけなんだろう。表現力が足りていなかっただけで、君の観方はこれまでもずっと高いレベルにあったんだ。だからこそ、上木田はショックを受けたんだろうね」

来栖は自嘲するように口許を歪め、

「あの子はね、きっと世界にまで目を向けることができて、かつそれを美しいものと見ることができる沖澄が、羨ましいんだよ」

そう、告げた。

それで、理解した。

思い出すのは、やはりあの七夕の日のことで、笹に吊るされた短冊のこと。

――もっとちゃんと生きられますように。

「或いは、あの子が幼馴染みとしてずっと傍で君を見続けてきたのだとしたら、改めて現実を叩きつけられたような気持ちなのかもしれない。必死のあがきを、一息で斬って捨てられたような、そんな気分だったのかな」

ひどく疲れたような顔つきで、来栖は俺に言う。

「君のように生きられたら、どれほどいいだろう」

決して届かないものを見るように。そんなものに手を伸ばすのは、もう諦めてしまったとでも言いたげに。

そんな来栖は、まるで老人のように草臥《くたび》れて見えた。


その日、帰り際にアトリエに立ち寄った。

しかし窓から中の様子を窺っただけで、足を踏み入れることはできなかった。

必死というように相応しい形相でカンバスに向かう零子の姿が、何もかもを拒絶しているように見えたからだ。

何かを呟くように唇を動かしながら、叩きつけるようにナイフで色をのせていく。

そのちっぽけな背中は妙に縮こまっていて、この広い世界で、まるでひとりぼっちであるかのようだった。


それからの数日間は零子と顔を合わすことがなかった。

来栖は用事があって学校に来ることができないと聞いて、自宅でいつもより多めに受験勉強をして、ときどき零子からもらった花の世話をして、それ以外は絵のモチーフを捜しに街を歩き回っていたからだ。

しかしカンバスや折りたたんだイーゼルなどの画材を抱えて、燦々《さんさん》と輝く太陽の下を彷徨ったのだが、どうも今ひとつピンと来るものがない。

いっそ、もう一度あの丘に登ってみるかとも思った。

世界は移ろいゆくものだ。その一瞬一瞬で刻々と姿を変え、決して一時たりとも同じでいることはない。だからこそ、たとえ同じ場所から見る景色だって、以前とはまた異なったものを俺に感じさせてくれるはずだった。

しかし、それも何となく乗り気になれなかった。もっと狭い意味で、今しか描けないものがあるように思えた。

一日中歩き詰めで、日も落ちた夕刻になって帰宅する。くたくたになった足をベッドに投げ出して横になり、考え込むことしばし。

学校。

何の脈絡もなしに、その言葉が心に浮かんだ。そしてそれを認識した瞬間、これしかないと思うようになった。

あと半年足らずで俺も卒業する。だったらその前に、あの学校が過去になる前に、切り取っておきたかった。

学校にいる間しか描けない、内から見る学校の風景を、『今』を、描いておきたいと思った。

そう決めると、不思議といつになく心が高揚するのを感じた。期待感、とでも言えばいいのだろうか。心の奥底で何かが沸き立つような感覚。

「けど、まあ、その前に」

身体を起こして、隣家の方角に顔を向ける。ここのところ顔を出していなかったので、零子のことが気になった。

あいつはいつだって、少し目を離せばとんでもないことを仕出かしそうな、そんな不安がある。すでに日は暮れているが、きっとそんなことは関係なしにあいつは今も絵を描き続けているのだろう。

部屋を出て、上木田宅に向かいながら、俺はとりとめもなく昔のことを思い出していた。思えば俺は、これまで絵を描くという行為に喜びを見いだしたことなんて、ほとんどなかった。

理由は明白で、すぐ近くに天才が、化け物がいたからだ。隔絶した才能を持った人間がいたのだ。努力すればとか、何れ《いず》とか、そんな言葉なんて霞んでしまい、知ってしまえば無力感しか残らない人間が。

苦痛でしかなかったと言ってもいい。

はじめは、そうではなかった。本当に最初のきっかけは、絵を描きたいという気持ちではなかったからだ。だから、絵の出来に何かを求めることなんてなかった。

零子の絵を見ても、妙に印象に残る絵を描くな、もしかしたら才能でもあるのかな、といった程度の感想しか抱かなかった。

その頃の俺にとって、絵は手段であって目的ではなかったのだ。だが小学校の卒業式を間近に控えたある日、一冊の図録を目にしたことで、その思いは一変した。零子の両親が古本屋からでも買い漁ってきたのだろうたくさんの図録の中のひとつ。

アトリエにあったそれのページを何気なく開いたとき、その絵は俺の視界に飛び込んできたのだ。

ロシア生まれの画家ニコラ・ド・スタールの作品、『海辺の鉄道―落日』。

色鮮やかでありながら透明感のある橙の夕日を背景に、黒い列車が煙を棚引かせて、薄いブルーの海辺を走る絵だ。

それを見て感じたのは、寂寥感と物悲しさ。

それが、終わりの光景であるからだ。滅びの、一幕であるからだ。延々と繰り返されてきた世界のサイクル。世界の理《ことわり》。日が昇り、輝き、沈み、消える。朝に生まれ、昼に生き、黄昏れ、夜に死ぬ。存在するものは、いずれ滅びゆく定めにある。

それを止めることができずに、見ていることしかできない無力感。物悲しさ。

全ては結局終わっていくことしかできないということを目にして、しかしながら、そこに一種の美しさを感じてしまう。

何ときれいな絵なのだろうと俺は思った。それまで、俺はこの目に見える景色、世界が気まぐれに見せるきらびやかで奇跡的な一瞬こそが、この世でもっとも美しいものなのだと信じていた。

しかし、この瞬間に、その考えは覆された。他人の手で描かれた、他人の目を通して表されたその一点の絵が、ダイレクトにこの目に映る世界と同じぐらいに美しく、尊いと感じたのだ。

そこには、ただ世界の一面をそのままに表したというだけでなく、それを見た人間の情感が込められていた。

俺は、他人が目にした世界を、見ているのだ。他人が美しいと思ったものを他人の認識を通して見て、そして共感しているのだ。

これが絵画であり、美術であり、芸術というものなのだと、俺はそのときにはじめて理解したのだ。

そこからが、本当の地獄だった。

それまで俺が描いてきたものの、何と無様であることか。そこには何も込められていなかった。俺の目に見える美しいものも、その感動も、何ひとつ再現されていなかったのだ。本当に、子供の落書きのような絵だったのだ。だが、どれだけ頑張っても、あがいてみても、一向に思うように理想を描くことはできなかった。

あいつの描いたものは、嫌でもこの目に入ってくるというのに。

立っている地平が、そもそも異なっていることを、思い知らされる。

あいつの目に見える世界。あいつが持っている才能とでも呼ぶべきもの。

その歪《いびつ》さには俺まで痛みを感じて、その凄まじさには打ちのめされる。どうしてそこまで深く、直接的に表現できるのだろう。

自分では到底届かない、或いは届きたくもない。

身体中を掻きむしりたくなるような、二律背反の、どうしようもない衝動に襲われた俺は——。

想起。脳裏に過ぎる、あのときの。

感触が、蘇ってくるようだった。俺はあいつをどうしたかったのだろう。あいつに何を求めようとしたのだろう。俺は、どうしたかったのだろう。

「どうして……」

そして口から零れ出るのは、いつもの言葉。

何かを問うて、しかし決して答えの返ってこない、疑問の言葉。

「今更、馬鹿馬鹿しい」

首を振って、ろくでもない考えを頭から追い出す。

そうしてから、自分がすでにアトリエの前に立っていることに気づいた。小さく溜め息を吐いて、足を踏み入れる。いつものようにその中に零子の姿を探そうとして、

「——あ？」

思考が、停止した。呆然と立ち尽くす。

零子が、倒れている。ぴくりともせず、床の上に、転がっている。

背筋がぞっとした。身体が震えた。気持ちが悪い。ぐるぐると視界が回る。

わけがわからなくなる。自分がとてつもなく動転しているということに、動転する。

脳みその中が真っ白になって、真っ赤になって、点滅して、目眩のように視界が揺れて。

「ちょ、何、やって」

「何やってるの、は、俺だ、ろ！」

無理矢理、頭の中からいろいろなものを追い出す。大きく息を吸って吐いて、気をしっかり持って、零子に駆け寄った。片膝をついて、横向きで倒れている零子の身体を仰向けにする。

「落ち着け、よく見ろ、息をしてる。顔色は悪いが、いくらかは血の気がある。傷だってどこにも見当たらない」

考えていることをわざと口にして、自分に言い聞かせる。

「大丈夫、生きてる」

その言葉を無意識に呟いて、それで、自分がどうしてこんなにも動揺していたのかを悟った。

いつか、そんなことになるんじゃないかと、おそらく心のどこかで、俺は恐れていたのだ。けれど、これは、ちがう。零子は、生きている。

「クソ……！　おい、零子、零子！」

軽く頬を叩いてみるが、反応はない。救急車、という言葉が浮かびポケットを探るが、携帯は家に置いてきたんだったとすぐに思い出す。

　舌打ちをして立ち上がると、アトリエを出て上木田家の本宅へと走る。そこで諒子さん達に事情を話し、救急車を呼んでもらう。

　真っ青な顔で電話を掛けている諒子さんを置いて、先に一郎さんとアトリエに戻り、待つことしばし。

　あのどこか不安を煽るサイレンを鳴らして救急車は到着した。救急隊員は力強い足取りで中に入ってくると、零子の容態を確認しながら、俺達から発見時や最近の様子などを口早に聴取していく。そうしてどこかに連絡を取ると、零子を担架に乗せて車内へと運ぶ。

　諒子さんと一郎さんは付き添いで同乗し、俺はひとりでその場に残った。ふたりとも、病人である零子以上に顔面蒼白だった。諒子さんは零子の力ない手を祈るように握りしめて、一郎さんは何かを堪えるように険しい顔で零子を見下ろしていた。

「ちょっと、栄、何があったの？　零子ちゃんのところよね」

　救急車を見送っていた俺のところへ、サイレンの音を聞きつけてか、お袋がやってきた。

「いつもの如くあいつのアトリエに行ったら、倒れてた。それよりもいいところに来た、お袋」

　俺はお袋に頼んで車を出してもらって、おそらく零子が運び込まれたであろう総合病院に向かう。このあたりで急病人の受け入れを行っているところはひとつしかないから、迷うこともなかった。

「ここのところ食事量も減っていたし、以前よりアトリエにこもる時間が多くなってきていたから、心配はしていたんだがな」

病院で落ち合った一郎さんに、原因は過労だと聞かされた。

俺に説明しながら、一郎さんは病院に備え付けの自動販売機に小銭を投入していく。ボタンを押すと、機械の中でカタンと紙コップが落ちて、次いでジャラジャラと氷が投入されていく。

「結局、ああなる前に止められなかった。駄目だな……私は。父親として、失格だ」

大きな溜め息を吐く。自動販売機の明かりに照らされた一郎さんの横顔には、隠しようもない疲労感が滲んでいた。肩を落として項垂《うなだ》れるその姿は、普段、毅然としている一郎さんからは想像もできないほどに、小さく見えた。

「零子の容態は、どうなんです？」

「点滴を打たれながら、ぐっすりと眠っているよ。とりあえず明日一日は入院して様子を見て、それから退院させるかどうかを考えるそうだ」

販売機の中からできあがったアイスコーヒーを取り出した一郎さんは、「栄一郎くんも、何か飲むかい？」と訊いてきた。そう言われてはじめて、自分の喉がカラカラに乾いていることに気づく。

「すみません、いただきます」

ちゃりちゃりと一郎さんが小銭を入れてくれて、俺は少し悩んだ末にレモン系炭酸のボタンを押す。

「………」

しばらく沈黙が続き、販売機の音だけがあたりに響く。

「床に倒れているあの子を見たとき」

取り出し口をじっと見つめながら、一郎さんが口を開いた。

「一瞬、目の前が真っ暗になったよ。最悪の事態が起きたんじゃないかと、思った」

一郎さんの言わんとしていることは、俺にもよくわかった。

「どうしてだろうな。普通なら病気か何かを心配するものだろうに、最初に私が考えたのは――」

その後を一郎さんは口にはしなかった。というより、できなかったのだろう。一度それを言葉にしてしまえば、もしかしたら本当に現実となってしまうのではと恐れたのかもしれない。

本当に、よくわかる。

「漠然と、あの子の最期はそうなのだと、思い込んでいたのかもしれない」

「……俺も、思いましたよ。どうしてなんでしょうね。今まで、あいつがそういった事件を起こしたり、気配を見せたことはなかったんですけどね」

――どうして。

また、その言葉だ。あいつを語るとき、いつもその言葉が付きまとう。

「…………」

再び、沈黙する。そして、今度はそれが破られることはなかった。

破るには、あまりに重すぎたのかもしれない。

一郎さん達より先に帰宅した俺は、上木田家にやって来ていた。動転して家のことを放ってきてしまった一郎さん達に、戸締まりを任されたからだ。預かったスペアキーで玄関の鍵を施錠してから、最後にアトリエに向かう。

中央に立てられたイーゼルの上には、あいつが倒れる直前まで描いていたのだろう絵があった。

それを見た瞬間。

何かに胸を突き刺されたような、正体不明の鋭い痛みが走った。

ずきん、ずきんと傷口が熱を持って痛みだす。

それは、教室らしき場所を描いた絵だった。ふたつあるうちの後ろの入り口から覗いたときに見える光景。

画面の大半を座席らしき連なりが占めており、画面奥には黒板らしきもの。数列のような何かが書かれている。左側には窓があり、その向こうは曇り空のようなどんよりとした色調。

絵の中の教室には、しかし、誰もいなかった。薄暗い空間に生徒らしき姿は見当たらず、空席だけが並んでいる。

ただし、その中央の席にだけ、人らしきものがいた。

影である。細長くのっぺりとしたその黒い影は、中央の席に座り、俯いているように見える。表情など何もないのに、ひどく寂寥感を感じさせる姿だった。

「俺が……追い詰めたってのか？」

この前の来栖の言葉を思い出し、呟いた。

だがここに、その問いの答えを持つ者はいない。俺以外の誰も、いないのだった。

それは変化の兆しだった

　翌朝はずいぶんと久しぶりにひとりでの登校となった。今日は早めに部活を切り上げて、午後からは病院へ見舞いにでも行くか、などと考えながら家を出た俺は、すぐにその足を止めることになった。

　なぜか自宅の玄関前で、俺を出待ちしていたらしい諒子さんに呼び止められたからだ。

「ああ、ちょうど良かったです。零子の具合はどうですか？　今日の午後にでも顔を見にいこうかと思うんですが」

　その態度に不審なものを感じながらも、ついでだからとそう訊ねた俺に、諒子さんは困ったような顔を向けてくる。はて、と疑問符を浮かべる俺に対して「それがね」と諒子さんはその口を開き――話の内容を聞いた俺は、途方もない疲れを覚えて、軽くよろめいた。

「お前はアレか。馬鹿か？　馬鹿なのか？　馬鹿なんだろ」

　本宅にある零子の自室に入るなり言った俺の言葉に、しかし反応は返ってこなかった。

　滅多にここで眠ることがない部屋の主は、現在、タオルケットを掛けてベッドの上で静かに横になっている。俺の言葉を聞いてもピクリともせず、その瞼は閉じたままで、胸部だけがゆっくりと呼吸に合わせて上下していた。

「……この、阿呆めが」

大きく、これまでの人生でも三本指に入るだろう盛大さで、溜め息を吐く。全身から力が抜けて、近くにあったデスクチェアを引き寄せると、それに座った。

諒子さんが言うには、今朝早く病院で目を覚ましたこいつは、引き止める医師の言葉も無視して強引に退院し、そのまま家に戻ってきてしまったらしい。

担当医の話だと、病院のベッドの上でたったひとりで目を覚ました零子は当初、半狂乱に近い状態だったのだそうだ。見知らぬ空間にひとりでいるということに、そして個室とはいえ同じ建物内に多くの見知らぬ人がいるということが、こいつにとっては耐え難いものだったのだろう。であるならば、自宅で療養した方が結果的には早く快復するだろうと医師は判断したらしい。

「この世界は、そんなにも、お前にとって辛いところなのか？」

零子の寝顔を観察する。仰向けになって腹のところで手を組んでいるその姿は、とても静謐《せいひつ》で、まるで——。

思わず、傍に寄って息を確認してしまった。きちんと呼吸をしている。

「ったくなあ……。お前はどうしても、そうなんだな」

改めて、近くでその姿を確認する。以前よりその肌が白くなったようで、腕も枯れ木のように細い。手首なんて、俺が握ったらそのままぽきりと折れてしまいそうだ。

夏休みに入る前もたしかに痩せ細っていたが、ここまで病的ではなかった。

　そして何より、生気がまるで感じられない。生きている気配が薄弱なのだ。さながら、自分が描いた絵に吸われてしまったかのように。

「……えい、くん？」

　声に、目をやる。うっすらと零子の瞼が開いていた。その目はわずかの間、何かを探すように頼りなく揺れていたが、やがて俺を捉える。

「お前、しばらくは絵を描くなよ。本調子に戻るまで禁止だ」

「………………」

　零子はウンともスンとも言わない。ただ黙って、その透徹した大きな黒い瞳で俺を見上げる。

　何を考えているのかわからない無表情で、零子は俺に向かって手を伸ばしてきた。驚いて、硬直してしまう。こいつが自ら他人に触れようとするなんて、これまでほとんどなかったことだ。

　しかしその指先は俺の手に触れる寸前に、逡巡したかのように動きを止める。零子は俺と自分の間にある僅かな空間をしばらく無言で見つめたあとに、ゆっくり、恐るおそるといった調子で、その距離をゼロにした。

　膝の上に置いた俺の手の上に、零子の手が重なる。何かを確かめるように撫でさすり、最後はそっと握った。

「ひとり……は、いや、だよ。おいていかれるの、は……いや、だ」

思いがけず、強い力だった。どこからそんな力が出てきたのかというほどに。

「私、だって、もっと、ちゃんとして……いつ、いつかあの花みたい、に、キレイになって、それで」

こんもりと零子の目元に涙が溜まっていき、それはやがて、あふれて零れた。

一度決壊すると、それは次から次へと流れ出て、枕を濡らしていく。

「ああ、そうだな」

俺は、親指でそっとその涙を拭ってやる。

「きっといつか、お前はそうなれるさ」

その言葉に安心したのか、零子はまた瞼を下ろし、かすかな寝息を立てはじめた。それを見下ろして、俺は小さく溜め息を吐く。

「本当に、そうだったら、良かったのにな」

それが気休めにしか過ぎないことを、誰よりも俺が知っていた。


「はぁん。そりゃ、大変だったね」

ここ数日間にあったことをいろいろ端折って説明したところ、来栖から返ってきた第一声がそれだった。

「今の話を聞いて一教師として掛ける言葉がそれかよ」

あまりに軽い調子に、思わず俺は眉をしかめる。

「所詮は他人事だから。と、いうのは冗談だよ」

俺の殺気立った視線に気づいて、来栖はにやりとして肩を竦める。その口には相変わらず煙草が咥えられていて、紫煙が風に乗って彼方に流されていく。

「いやあ、やっぱり外でふかす煙草は気分がいいね」

来栖は、目を細めて空を仰ぐ。

空。青い、夏の空。

今、俺達は屋外に出ていた。正確には美術室のある特別棟の、屋上。

フェンスに囲まれたそこで、俺はカンバスに向かっていた。フェンスの傍にイーゼルを組み立てて、美術室にあった折り畳みチェアに座って、眼下に見えるグラウンドの光景を観察していた。

「今このときにしか描けないものを描くという、その心意気はいいね。モチーフは部活動に励む学生達といったところかな」

「今、だからな」

グラウンドで部活に励む生徒。野球部やサッカー部、少し離れたコートのテニス部を眺めて、呟く。精力的に動き回る彼らの、その躍動感、命そのものといった輝き。それを絵に表すことが、今回の目標だった。

「しかしあれだ、意外に屋上ってのは涼しいもんだな。そんなに暑苦しさを感じない」

「地面から離れてるから、地熱の影響を受けにくいんじゃないのかな。よくは知らないけどね」

すはぁーっと実に美味《うま》そうに煙を吐き出す来栖。

しばらく、沈黙が続いた。

来栖は煙草を堪能し、俺はどのような構図にするかを決めかねて思案していた。

「さっきのことだけど」

携帯灰皿で煙草の火を消した来栖は、円筒状のその蓋を閉めて、口を開いた。

「本当に、他人事だとは思ってないんだけどね、あまり驚かなかったのは、何となく予感があったからかな」

「予感？」

「夏休みに入ったばかりの頃。あの時点で、すでに兆候はあったからね。のめり込み過ぎているように見えたんだ。微妙な変化だったから、気のせいかもと思っていたんだけど」

「いつもの、夏バテだと思ったんだけどな……。見誤ったよ」

毎年、夏になるとあいつは調子を悪くするから、今回もてっきりそれだと思っていた。

だが、ちがったのだ。おかしくなっていたのは、あいつの身体の方だけではなかった。

「あんたの言っていたように、俺があいつを追い詰めたのか？」

「それだけじゃないとは思うけどね。進学に就職と、上木田に限らず君ら全般、人生の岐路に立つ十七《セブンティーン》の少年少女にとっては、今は不安定な時期だろうから」

二本目を口に咥えて、火を点ける。

「だけど、沖澄は何もまちがったことをしちゃいないさ。今回の一件を気に病んで、自らに枷《かせ》をはめる必要もない。そんなことは上木田だって望みはしないだろう」

望まないだけなんだろうけどね――そう小さく付け加えて、来栖は煙を吸い込む。

「沖澄が見誤るのも無理はないと僕は思うよ。だって君は正しかった。まちがっていたのは上木田の方なんだから。正しいことができる沖澄には、まちがったことしかできない人間の気持ちはきっとわからないよ」

冷淡と言ってもいい口調で、来栖は言った。

その顔からはいつもの笑みが失せていた。完全な無表情。表情がないというよりは、虚ろで、夏だというのに、背筋が薄ら寒くなる空虚さが、そこには漂っていたのだ。

俺ははじめて、この相手を、怖いと感じた。

「沖澄は、心の底からこの世界に生まれたことを呪ったことはあるかい？　自分を生んでくれた母親を、父親を殺したいほど憎んだことはあるかい？」

来栖はその何の色もない、透き通った眼《まなこ》で、俺を見る。

「多分、上木田はあるよ。それが逆恨みだってわかっていても、きっと思ったことがある。だって、僕らはまちがったことしかできないからね。それがまちがっていると思っていても、自分では止められない」

うっすらと、笑みのようなものを浮かべる来栖。

それを見て、俺は気持ち悪いと思った。しかし、それから目を逸らすようなことはしたくなかった。逸らしてはいけないものだと、思った。

だから。

「はっ。そりゃ大変だったな」

真っ直ぐその目を見返して、鼻で笑って、そう言ってやった。

「…………」

俺の返答を聞いて、しばらくぽかんと間抜け面を晒していた来栖は、

「っく」

次の瞬間には思わずといった風に大きく噴き出していた。心底おかしそうに、腹を抱えて、笑い声を上げる。

「所詮、他人事だからな……っつーのは冗談だ」

続いた俺の言葉に、さらに来栖は笑い声を大きくする。涙まで浮かべて、ちょっと引くぐらい盛大に笑い転げていた。

ようやく笑いをおさめたのは、それから数分が経過してからのことだった。

「うんうん、沖澄はそれでいいよ。そうでなくちゃいけない」

目尻に滲んだ涙を指で拭って、来栖はそんなことを宣う。

「いやあ笑った笑った。久しぶりにこれだけ笑ったよ」などと続けて、いつものふざけた面でまた煙草をやりだした。

「……俺だって、まちがうことはあるさ」

「おや、聞き捨てならないね」

興味を引かれたように、来栖は眉を跳ねさせた。

「あんたに言うようなことじゃねえよ」

「でも、本当にそれはまちがってたんだろうか？　もしかしたら沖澄がそう思っているだけで、実際は逆だったのかもしれないよ」

まさか、だった。あれが、まちがいでないはずがない。そのはずなのだ。

ならば正しい行為とは何だったのかと問われても、答えることはできないのだけれども。

「ま、どっちでもいいけどね」

「んだよ、それ」

自分から思わせぶりなことを口にしておきながら。

「あんたは、いつも適当だよな」

ニヤニヤしている似非教師に聞こえるように大きく溜め息を吐いてみせる。それで来栖のことは頭から消し去って、改めて構図に思いを凝らした。

スケッチブックを使って実際にいくつかの候補を描き込んだりしつつ、しばらく考える。

やがてこれだというひとつを決めて、ようやくカンバスに描きはじめた。

さすがにこうなってからは来栖も無駄話をしようとはせず、時折絵を確認しにきたり、煙草をくゆらせたり、ふいっとどこかに消えたりと、しばらく静かに時間が過ぎていく。

昼頃に一時間の休憩を挟んでさらに描き続けて、日が暮れる時間になって、ようやく下描きが終わった。

「あー……クッソ疲れた」

だが、その甲斐あって、概ねイメージした通りの構図で描くことができた。屋上から見たまんまの、切り取られた風景。

屋上の縁のコンクリートも、視界を覆うフェンスも、そのままに描いた。そしてその向こう、グラウンドで活動するサッカー部や野球部の姿も。

「あとはうまく色を重ねられるか、だな」

目の前に広がる光景を、しっかりと脳裏に焼きつけておく。すでに空は柑子色に変わりつつあるが、まだ各運動部は粘って活動していた。

橙というよりは、赤に近い夕陽が泥だらけの彼らを照らし、影を作る。

野球部のショートを守っている部員が、正面からの夕日が眩しいのかキャップの位置を調整する。セカンドは、手を翳《かざ》して光を遮っている。ピッチャーがボールを投げる。

キン、と澄んだ音。夕日のせいかショートは反応が遅れて、打球はその後方へ抜けていった。レフトがカバーに入り、ファーストへ送球。セーフ。ショートに向けて監督から叱咤の声が飛ぶ。

サッカー部は紅白戦をやっているようで、ジャージの上から黄色と緑のビブスを着たチームに分かれて、熱戦を繰り広げていた。そろそろ終盤なのか両者の動きには疲労が見え隠れしている。

だがそれでも彼らは最後の力を振り絞るかのように、がむしゃらにコートの中を走り回っていた。

夕焼けが、いい。

半ば直感で、俺は今回の絵の時間帯をそう決めた。

燃えるような赤。強く俺の中に根付いたイメージ。そんな夕暮れの中で必死に身体を動かす彼らにこそ、最も強い生命力を感じたのだ。

「へえ。構図的には、いい感じだね」

ここ数時間どこかに行っていた来栖は、戻って来るとすぐに俺の絵を確認して、そう評した。

道具を片付けながら、横に立つ白衣姿を見上げる。来栖は顎に手をやって、美術教師としての目で絵を観察している。

「あとはこれにイメージ通り色をのせられるかだね。期待しているよ」

「期待、ねえ」

今まで来栖の口からはほとんど聞いたことがなかった言葉だ。

「次は君がどんな絵を描いてくれるのか、僕だって楽しみにしているということさ。怖いもの見たさなところもあるけどね」

俺からの胡乱《うろん》げな目つきに、来栖は苦笑して肩を竦めた。

「ところで沖澄、今年の学展には出品するのかい？　時期的に今描いているものは間に合わないだろうから、もし出すとするなら前回の作品になるんだろうけど」

「あー、そういやもうそんな時期か」

学展は毎年開催されている、学生向けでは最大の全国展だ。これまでも毎年出品してきたのだが、結果は芳しくない。辛うじて入選したこともあるが、その作品に対する自分の評価は〝そこそこうまく描けた絵〟でしかなく、それ以上ではなかった。たまたま審査員の好みに合致したのだろうと推測している。

今年は受験のこともあり、そこまで頭が回っていなかった。

「この前の風景画でも、かなりいいところまでいくと思うよ」

来栖の言葉に、嘘はないのだろう。

俺自身、かなり手応えはあった。思い返してみても、これまでの中で最もうまく描けた作品だと思う。だが、何となく、そんな気になれないのだ。そういったところに使う力があるのならば、絵と向き合うために余すことなく注ぎこみたいと、そう思う。

昨日より今日、今日よりは明日、明日よりは明後日。自分はこれから、どんどんうまく絵を描いていけるようになるという、予感があるのだ。

「今の沖澄は、それどころじゃないって顔をしているね」

「否定は、しねえよ」

零子のことが気がかりでもある。

「まあ、君の好きにしたらいいさ。君の道だからね」

「そうするさ。俺の人生だからな」


「ところでさ」

片付けが終わってしばらく経った頃。

見納めとばかりにグラウンドを眺めていた俺に、来栖がふと思い出したというような感じで、話し掛けてきた。

「沖澄はどうして絵を描きはじめたんだい？」

「突然、なんだよ」

「いや、特に深い意味はないんだけどね。最初は、どういうつもりで描きはじめたんだろうって。やっぱりあれかい、上木田に影響を受けたのかな？」

「影響、といえば影響なのかもしれない」

視線を上に向ける。夕暮れの空。今まさに橙から紫に変化しつつあった。

「最初は、理解しようと思ったんだ」

「理解？」

「ああ。わかろうと、したんだ。あいつと同じことをすれば、少しはあいつのことが理解できるかも知れないと、馬鹿なことを思ったんだ」

——どうして。

その言葉の答えを求めて、俺は絵を描いた。

「それで、理解することはできたのかな？」

「は。んなわけねえだろうが。あいつのことなんざ、ちっとも理解できなかった。むしろ、余計に遠ざかったような気がしたよ。自分とあいつはちがうんだということを、嫌というほどに思い知らされることになった」

「口惜しいのかい、それが」

一瞬、考えて、けれど俺は首を振った。

「多分、それでいいんだと今は思う。理解できないから、まだあいつとの腐れ縁が続いてるんだ。もしもあいつと同じ世界が見えるようになってしまったら、あいつか俺か、或いはどちらも、いなくなってしまう気がする」

「マイナスとマイナスは、足してもマイナスだからね。むしろ余計質《たち》が悪いことになるだけさ」

見当外れのような、そうでないような答えを来栖は返してくる。

「傷の舐め合いだって、そこには癒される何かがあると思うけどな」

「……さて、どうだろうね」

硬い表情をする来栖を横目に、俺は続ける。

「まあ、俺にはわからないことなんだろう。あんた曰く、俺はあんたらとはちがうらしいからな。けど、たとえ実際にそうで、理解できないのだとしても、あいつが求めているものだけはわかる。幸いなことに」

「へえ。どうしてそれだけは理解できるんだい？　以心伝心ってやつかな」

冷やかすような笑みを浮かべる来栖に、俺は教えてやった。

「短冊に書かれてたんだよ」


家に帰ると、リビングのテレビの前に、仲良く並んで座る零子と啓司の姿があった。

ふたりの前の床にセットされているのは一昔前の家庭用ゲーム機で、テレビ画面ではさまざまなキャラクターがカートに乗ってゴールへの道のりを競っていた。

「……何やってんだ、あいつら」

珍しい光景を目の前にして、思わずまじまじと見てしまった。

零子は窮屈そうに正座をして、右に左にと自分の身体を傾けながらゲームに熱中していた。零子から微妙に距離をとった隣では、すでにゴールしてしまったのだろう啓司が、コントローラーを置いて成り行きを見守っている。

「あ。兄さん？」

リビングに入ってきた俺に気づき、啓司が振り向いた。すぐ傍まで近寄っていくと「おかえりー」と気の抜けた声を掛けてくる。

「父さんと母さん、お洒落レストランで食事をしてくるから、ぼくらは勝手に済ませてってさ。出前でもとろうか？」

そう言って、啓司はテーブルの上の五千円札を親指で指し示す。

「いや、ていうかその前にこの状況は何なんだよ。こいつがこうやってウチに来ることすら稀《まれ》だってのに、さらに一緒にゲームやるとか、何年ぶりの話だってんだ」

幼い頃から零子は暇さえあれば絵を描いていたので、こうして子供らしい遊びをした記憶が、俺達にはほとんどない。

大抵は、絵を描いているあいつの隣で漫画を読んだりとか、或いは一緒になって絵を描いたりとか、ぼけーっとしたりとか、そんなことばかりしていたのだ。

「それがさあ、部活が早く終わったから、ぼく、零ちゃんのところに顔を出そうと思ってアトリエに行ったんだよ。でも珍しくいなくてね、おばさんに聞いたら部屋で暇してるから、良かったら相手してあげてって言われて」

「で、連れてきたわけか」

俺達の視線の先で、零子はようやくゴールをしたようだった。成績は最下位。さもありなんという感じ。こいつにテレビゲームの類《たぐい》は向かない。

零子はどうも相当緊張していたようだった。ふうーっと大きく息を吐くとコントローラーを床の上にそっと置く。そして、振り向いた。

「絵を、描くなって、い、言った、から……」

しょぼくれた顔で、俺を見上げる。どこか拗《す》ねているようにも見える。

「え、絵を描けないと、お花の世話、するぐらいで、他に、何もすること、ない」

「自業自得だろうが」

昨夜から今朝にかけての一件で問題があるのはそこだけだと言いたげな零子に、俺は溜め息を吐きたくなる。結局、何も変わらないというわけだ。

「え、なに？　零ちゃん、どうかしたの？」

「お前、聞いてねえのかよ」

不思議そうに首を傾げる啓司に、俺は昨夜からの出来事を説明してやる。

「えー!?　そんなことがあったの？　ぼく、全然知らなかったよ……。昨日は熟睡してたし、朝だって母さんは何も言ってなかったんだから」

ふてくされたように口を尖らせていた啓司は、しかしすぐに怒った顔を零子に向けた。

「零ちゃん、駄目だよ！　兄さんの言う通り、しばらく身体を休ませてあげなきゃ！」

「ご、ごめん、なさい……」

しょぼんと俯く零子。その様子を見ていると、とても零子の方が年上であるようには見えない。やれやれと首を振って、ひとまず俺は着替えるためにリビングを出ようとした。

「おっ、と？」

その手を、後ろから、突然掴まれた。

振り返る。

零子だった。咄嗟のことだったのか、膝立ちで俺の手首を握った零子は、自分でも不思議そうに、それを見つめている。

「何だよ」

「え……？　う、あ、べ、別に」

　驚いたように、零子はパッと手を放した。

「……着替えてくるだけだ」

　そう言って、今度こそリビングを出た。階段を上って二階へ向かう。部屋の前まで来て中に入ろうとしたところで、溜め息を吐いて振り返った。

「何で後をついてくるんだよ」

「わ、私に、訊かないで、よ」

　——じゃあ誰に訊けばいいんだよ。

　そんな言葉を呑み込んで、零子を見やる。迷子のように心細げな一方で、本当に自分の行動に戸惑っているらしく、その困り顔を俺に向けてくる。

「……ったく。好きにしろよ」


　それは、多分、何かの兆しだった。

　俺にもこいつにもわからない、何らかの。

　俺達は、もしかしたら、変われるのかもしれない。

　漠然と、このときの俺はそんなことを思っていた。

わたしはおまえたちみたいには、ならない

翌日、俺は零子と一緒に登校した。ついて来ても絵は描かせないと告げたにもかかわらず、一緒に行きたいと言ってきたのだ。

絵を描かないのならば、夏休みの美術室へ何をしに行くつもりなのか。

そう思わないでもないが、ひとりにしておくとこっそり描きかねないので、まあ、その方がいいのだろうと思うことにする。

「ふむ。なら、折角だから今日は展覧会に行くというのはどうだろう？」

事情を聞いた来栖は、俺達にそう提案してきた。

「ちょうど今、隣町の美術館で二十世紀の画家の作品を広く集めた美術展が開かれていてね。ぜひとも見ておくべきだと思うよ。抽象、具象入り混じった統一感に欠けるラインナップで、手当たり次第かき集めましたっていう感じが透けて見えるけど、きっと、いい刺激になる。何、ちょっとした臨時収入があってね、入場料ぐらいは僕が出すから」

というわけで、この日俺達は隣町の美術館にまで足を運ぶことになったのだった。

「しかしお前、大丈夫なのか」

来栖の自家用車、古い年式のミニクーパーの後部座席で、俺は隣にいた零子に訊ねた。

さすがに電車ほど混雑することはないだろうが、それでも美術展が開かれているのだから、それなりに人はやって来るだろう。

人込みを嫌う、というよりは、もはやアレルギーであるこいつにしてみれば、相当にストレスが掛かるはずだ。

「手、つないで、くれれば、だ、大丈夫……だと、おもう」

すでに緊張しているのか、落ち着きなく身体を揺すりながら零子は答えた。それを聞いて運転席の来栖が、冷やかすような声を上げる。

「おやおやまあ、いつの間にそこまでふたりの距離は縮まったんだ？」

「いいからあんたは黙って運転に集中しろ。生徒を乗せて事故でも起こしたら、社会的に終わるぞ」

バックミラー越しのニヤけ顔を、俺は睨みつけた。

「大丈夫さ、そんな状況になったら僕は真っ先に死ぬだろうからね。生き残るのは多分君だけさ、沖澄」

その言葉には、妙な説得力があった。その光景が自然と想像できてしまう自分に戸惑い、返す言葉に詰まってしまう。

「……ざっけんな。教師だったらまず事故を起こさないように注意しろ」

「教師だって人だからね、注意していたって事故ぐらいは起こすさ。ところで沖澄、知ってたかい？　何か自分にとって好ましくない事態が起きたとき、当事者はその原因をまずは環境に求めるんだ。対して、それを観察する第三者の方は、当事者本人の性質に求めようとする」

「何が言いたいんだよ、あんたは」

「いや、別に。何もかもの原因を自分だけに背負わされるのは嫌だなと、そういう話だよ。不可抗力の出来事だってあるんだしね」

「結局、言い訳を口にしたかっただけかよ。そんな予防線を張るような真似するんじゃねえ。本当に事故でも起こしそうだ」

「心配しないでくれたまえ。僕は免許を取ってから一度も事故を起こしたことがない、ゴールド免許の優良ドライバーだからね」

ハンドルを握りながら、来栖は器用に肩を竦めてみせる。

「ただ、そうやって誰か、何かのせいにできない人間っていうのは、誠実というよりは生き方が下手なだけなんだろうなって僕は思うよ」

そう続けた来栖は、ちらりと後部座席の俺達をミラー越しに見やって、

「きっと、世界がまちがっていると思えない人間にとっては、いつだってまちがっているのは自分だけなんだろうね」

ぽつりと、独りごちるように、小さな声で言うのだった。

美術館は、大混雑とまではいかないが、やはりそれなりに人の数が多かった。

「…………」

零子は無言で俺の手を握ると、縋るようにぎゅっと力を込めた。俺は何も言わず、迷子を引っ張るようにして歩き出した。来栖が何か言いたそうにニヤニヤしていたが、無視する。

美術館は、庭園という言葉が相応しいような広い敷地内の中心に建っている。

その周囲にはきれいに整えられた芝生や垣根が広がっており、右手の隅には地元出身の著名な画家が使っていたとされる、小ぢんまりとしたアトリエが当時のまま残っている。アトリエそのものも彼の作品と一緒に展示物のひとつとなっているようだった。

そういった景色を楽しみつつ本館に辿り着く。ルネッサンス調の煉瓦造りで、外壁に凝った意匠が施された大きな館だ。

街の喧噪から切り離され、静かな草花に囲まれて建つこの洋館を目にすると、まるでこの地の時がずっと止まったままであるかのような錯覚を起こす。前にも何度かここには来たことがあるが、いつも連想するのは、資料などで目にするありし日の鹿鳴館《ろくめいかん》だ。

しかし実際にこの美術館が建てられたのは平成に入ってから。懐古的な雰囲気を持つ洋風建築であるのは、はじめからそういうコンセプトだったかららしい。

「さて、じゃあ見て回ろうか」

入ってすぐの受付で全員分の入場料を払うと、来栖はまず、奥の展示室に向かった。

その後を追いながら、ちら、と背後を見やる。

「大丈夫か？」

うつむき加減で、手を引かれるままだった零子は、わずかに顔を上げた。もさっと、相変わらずの髪の毛が揺れる。

「だ、だいじょうぶ、だと、おもう……た、たぶん」

まったく頼りにならない言葉だった。

「あんまり無理はすんなよ。また調子を崩したら元も子もねえからな」

「う、うん」

ぎゅっと握る手に力を入れる零子。

それを引っ張って展示室に入る。

まず目に入ったのは、極端に抽象化された絵だった。

「ロスコだね、沖澄」

来栖の言葉に、記憶の引き出しを探し回り、何とかその情報を引っ張り出してくる。

マーク・ロスコ。いわゆる抽象表現主義の描き手として名を残したロシア生まれの画家。

ロスコ個人の情報については脳の片隅で埃《ほこり》を被っていたが、その絵については別だ。

最初に彼を知ったのは図録だったかポスターだったか覚えていないが、その独特の画風はまだ印象に残っていた。

本物を見たのはこれがはじめてだ。

まずその大きさに驚き、圧倒される。通常のカンバスより一回りも二回りも大きなサイズ。両腕を広げてやっとという横幅で、高さも同じぐらいある。

ロスコの絵のほとんどは窓、或いは扉が失われてぽっかりと空いた出入り口のような、いくつかの長方形が組み合わさって構成されている。

カンバスの中に一回り小さなカンバスがあるような形で、それが上下に分かれていて、外枠、上窓、下窓でそれぞれの色が異なるのだ。その輪郭は明瞭な線で描かれているのではなく、他の部分、色と混じり合うような曖昧さを持って形作られていた。

正直、画集で見たときにはその特徴的な画風に「へえ」と感心する程度だったのだが、実物のこの大きさで見ると、まったく異なる印象を受ける。

余計な要素を極限までそぎ落として、彼が描きたかった何かを純粋に表した絵。

じっとその絵を見ていると、ぽっかり空いた入り口の向こう側に意識が吸い込まれていきそうな、もしくはもっと別の何かがのぞいて見えるような、そんな心持ちになるのだ。

「現《うつ》し世と隠《かく》り世。現実と幻想。今いることと、ここではないそこ。それらの狭間にあるボーダーライン。まるでそれがひとつの絵として現れたような……」

自然と、俺の口から言葉が漏れる。

見る者を夢うつつにさせるような、そんな神秘的な気配を、その作品は纏っていた。この絵を通して、人は誰もが、現実世界にはない何かを垣間見るのかもしれない。

「それほど的が外れた評でもないと思うよ。そういうスピリチュアルな感覚を抱かせるのがロスコの絵の特徴だからね」

俺の感想に対して、来栖はうんうんと頷く。

こういったことに正解などないのだろうが、俺は何となく正答できたような気分で足を進め、ロスコの二点目の作品を見た。こちらは彼の晩年の作品であるらしく、全体的に色調が暗い。重い。

それまでの明るい作品に比べると幻想的な雰囲気が薄れ、もっと冷たく根源的なもの、人が抱える無意識とか、内的な宇宙、無、或いは死といったものが想起される。

彼が最期に見ていたものが、それだったのかもしれない。己の中に広がる虚無を見つめすぎて、それに飲み込まれてしまったのかもしれない。

俺はちら、と後ろを見やる。零子がこの絵を見て何を思うのか、興味があった。

「…………」

零子は、ひどく冷めた目で絵を見上げていた。ただ冷淡というわけではなく、どことなくその目には険があるようにも見える。

「どうした？」

「……なんでも、ない」

俺の視線に気づいたのか、零子はきまり悪そうに目を逸らすと、俯いてしまう。心なしか、手を握る力が強くなったような気がした。

ロスコの次に展示されていたのは、これまた変則的で巨大な絵だった。カンバス一杯に、ミミズや糸のような曲線が所狭しと走り回っており、確固とした造形は皆無。

線で埋め尽くされた絵。線のみによって構成された絵。

このような絵を描く画家は、俺の知る限りひとりしかいない。

「ジャクソン・ポロック、だよな」

「そう。彼の半生は映画にもなったし、わりと一般的にも知られているよね。沖澄は、これは何をテーマにしているんだと思う？」

言われて、改めて丁寧に観察する。

偏執的なまでに描き込まれた幾多の線は、一見すると秩序といったものを感じさせず、混沌としている。その線のタッチは基本的には粗い。叩きつけるような激しさを感じさせるが、中には繊細な線も見ることができる。その細やかで、流れる水の滴りのような線が、混沌とした絵にどことなく秩序めいたものをもたらしてるようにも見えた。

「まるで……人間がその内に抱えた世界を、思い切りシェイクしてカンバスの上にぶちまけたみたいだなと、思う」

「なかなかいい観方をするね。実際、ポロックは、アクション・ペインティングという手法によって、床に置いたカンバスに絵の具を滴らせ、ときには激しく叩きつけ、その身振り、描くという行為そのものさえも利用して、人の意識下にあるものを表そうとしたんだ」

「……なるほど」

晩年のロスコは、そこにつながる入り口、境界面を描き、ポロックは境界の向こう側にあるものを表した。そういう対比も成り立つだろうか。

「イメージの否定、とも言われるね。確固としたイメージではなく、イメージそのものが生み出される源泉、無意識や偶然性といった形のないものをそのままにカンバスの上へ表出させようとした、と。その結果が、一見すると混沌にしか見えないこの絵というわけだ」

けれど、と来栖は続ける。

「ポロックは自分の描くものに偶然は存在しないと言っているんだ。偶然性の発露を利用してこのような作品を作り上げながら、全ては制御の内にあるのだと」

言われて、改めて作品を見直してみる。たしかに無秩序な軌跡の中には、ところどころ意識的な所在を感じる部分がある。しかし、これら全てが統制の内にある偶然でしかないと言われても、にわかには信じがたかった。

「もしかしたらポロックはそう口にすることで、人間では及ばない、支配できない何かを我が物にしたと思いたかったのかな。たまたまではなく、まちがいなく、追い求めていたものに手が届いたのだと、確信したかったのかもしれない」

来栖は、どこかやるせなさそうに、ポロックの絵を見上げていた。

「追いすがっていたもの……理想、か」

実際、どうだったのだろうか。ポロックは、それを手に入れることができたのか。もし本当に手にしたというのならば、どうしてあのような結末に至ったのだろう。

彼は晩年、アルコール中毒と絵画制作に苦悩した末、暴走とも言える無茶な運転をして、自動車事故でこの世を去る。はたして、それは本当に事故だったのか。

どれも本人しか知り得ないことなのだろう。結局俺達は、ただ後に残ったものからかつてを推し量ることしかできないのだから。

「さて、次に行こうか」

来栖は気分を切り替えるように殊更明るい声を出すと、足早に次の絵の前まで移動した。その後を俺もついていく。

「逃げる場所なんて……この世界の、どこにも、ない」

ぼそり、と低く呟く声が聞こえて、振り返る。零子が、苛立ちを含んだ目で、ポロックの絵を見上げていた。

「お次の作品はキルヒナーだね」

来栖の声に、意識を引き戻される。

あまり耳にしたことのない名前だった。画集で一度ぐらいはその絵を見たことがあるかもしれないが、印象には残っていない。

彼の絵はふたつ展示されていた。一点は窓から見える街の景色を描いたもの。窓枠には灰皿があり、煙を棚引かせる煙草が置かれている。窓の外は、暗い色調で木々や建物がいくつか描かれていて、目の前の道をひとりの人間、おそらくは女性であろう人影が横切ろうとしている。

もう一点は、画面中央に緑色の大きな杯がある絵だ。その台座部分は人の形をしており、杯を捧げ持つような体勢になっている。またその杯の中には赤いリンゴのような果実が複数入れられていた。杯の周囲には、縁の円が印象的なコップがいくつか置かれていて、バックにはテーブルか椅子のようなものが描かれている。

どちらもリアリズムから離れた、抽象的なタッチだ。来栖はキルヒナーの来歴をその結末に至るまで簡単に説明しはじめた。

ドイツに生まれ、二十世紀前半に活動したキルヒナー。彼の心身は第一次世界大戦に参加したことによって、徐々に病んでいく。さらには政権を手にしたナチスにより、彼の作品は退廃芸術として、人々にとって有害な堕落したものとされてしまう。

「そのことに大きな衝撃を受けたキルヒナーは、結局自らの手でその人生に終止符を打つことになったんだ。ああ、そういえばドイツ表現主義については前に説明したっけ？」

「いや。多分、ないな」

「表現主義は、現実的な光景よりも自分の感情や思いを強調して描く作風のことだね。抽象絵画の起源のひとつでもある。だから、結果としてできあがった絵は写実的なそれとは異なる歪んだものになったり、シンボリックなものであることが多いんだ。加えて、表現主義の画風は陰鬱なものにもなりやすい。人を捕らえて放さない強い感情というのは、どこでもいつの時代でも、陽気なものからはかけ離れているからね。沖澄にはよくわかるだろうけども」

俺の背後の零子に視線を向けて、来栖は言う。

「…………」

俺は答えず、振り向かず、次の絵に移動した。来栖は両手を挙げるジェスチャーをしてから、後に続く。

「これは」

そこに掛けられていた絵を見て、俺は心臓が大きく高鳴るのを感じた。自然と口から言葉が零れ落ちる。

「スタール、だ」

黄色を背景として、その手前にはテーブルがあり、その上に茶色の細長い花瓶、赤っぽいタマネギのような形をした水差し、さらに黄色いサイコロの形をしたものがいくつも置いてある。

それは具象的にも抽象的にも見え、ちょうど両者の中間、その境界線上にあるような印象を受ける絵だった。

「確か沖澄は、彼の絵が好きだったんだっけ？」

「ああ。雲海を飛ぶかもめのやつも好きだが、特に夕日と列車の絵だ。あの薄塗りのオレンジは俺の描きたいものとはちがうが、それでもやっぱりきれいだなと、思うんだ」

ニコラ・ド・スタール。ロシアに生まれ、ひたすら絵を描くということに向き合い、その生涯を捧げた画家だ。

あの落日の絵を思い出す。俺の人生において重要な契機となった、あの鮮やかな夕日を。

それは政変によって他国へと亡命せざるを得なかったスタールの、形あるものは永遠ではないという、滅びへの情感が込められていたのかもしれない。

「俺は、画家には二種類のタイプがいると思うんだよ」

「大抵のものは、そうであるかそうでないかの二種類に分けられると思うけどね。ああいや、これは余計なことだったね。気にせず話を続けてくれよ」

ニヤけ面の来栖に舌打ちをしてから、先を続ける。

「二種類ってのは、つまり、絵を描くという過程そのものに執着する人間と、結果に執着する人間だ」

「ほうほう、なるほど。じゃあ、沖澄からすると今日目にした四人の画家、ロスコ、ポロック、キルヒナー、ド・スタールはどう分類されるんだい？」

「スタールとポロックは前者、残りのふたりは後者ってところか。別にそれが悪いとか、画家としてのレベルが云々なんてつまらないことを言うつもりはねえけどな」

「仮に沖澄論で考えるとしたら、僕もそう分類するだろうね。キルヒナーは自分の絵が政府に退廃的なものとして定義されたことにひどく精神を病み悲愴な死を遂げ、ロスコは自分の作品がどう扱われるかにも神経を尖らせていた」

来栖は小さく頷く。

「ま、その点、ポロックなんかはまさに過程、行為そのものに重点を置いていたのはさっき説明した通りだね。ド・スタールもまた絵を描くということに対して非常に重きを置いていた」

「傑作と呼ぶべきものが生まれる際に作り手が感じる、超自然的な瞬間。神の気まぐれ、天よりの啓示などと表現するしかない偶発的なものを信じ、追求していたんだよな」

「そうだね。力業と自分で言っているように、彼は過剰なまでに描き続け、作品を生み出し続け、少しでも多くその機会を得ようとしたんだ。そうやって一歩ずつでも先へ進み続けて、いつかはその特別なものを完全に己のものにしたいと考えていたんだろう。何かに描かされるのではなく、確固たる意思のもとに描こうとした。そういう意味では、ポロックと似ているね。人の手に余るものを求め、制御したいと望んでいたという点においては」

偶然。理屈を飛び越えたもの。非日常。作り手に稀に訪れる、特別な瞬間。

それらの言葉で連想するのは、あのときの——街を一望できる丘からの景色を描いていたときに、俺が感じていたもの。

あれが、そうなのだろうか。あの感覚が、スタールの希求したものなのか。

俺は目の前のスタールの絵から視線を切って、瞼を閉じる。そうして、闇の向こうにかもめの青や、落日の橙を想起する。

雲海の上を飛ぶ数羽のかもめ。青と白、灰色の見事なコントラスト。

海辺を走る列車。海のうす水色、列車の黒、棚引く白い煙、そして見る者の目を引きつけてやまない橙色の空。

彼の、特に後者の絵は、思わずハッとするほど美しい色遣いなのに、胸のどこかを細い針で突き刺されるような、かすかでありながら鋭さを失わない痛みを感じる。それはやはり、永遠なものなどこの世界にはないという、いずれ全ては終わってしまうのだという無常への悲哀なのだろう。

けれど本当に、それだけなのだろうか。あの絵を見ていると、ときどき、どうしてか、零子のことを思い出すのだ。かすかな、胸の痛みとともに。

自分でもよくわからない。

スタールの夕日、あのオレンジと、この痛みと、零子と。

それらが、何によって結びついているのか。

「なあ、先生様よ」

「うん？」

「スタールは結局のところ、その求めていたものに手が届いたと思うか？」

答えは、わかりきっていたのかもしれない。彼は最期、身を投げてその命を散らした。

「理想なんてものはね、沖澄。手に入らないからこそ、理想と言うんだよ。そして、仮に手が届いたのだとしても、それはもうただの現実でしかないんだ」

そのとき来栖がどんな顔をしていたのか、スタールの絵を見上げていた俺には、わからなかった。

その後も、ベーコン、ゴーキーにユトリロ、デュシャン、カンディンスキー等々、多様多彩な顔ぶれの絵が続いた。たしかに来栖が言っていたように統一感といったものは皆無に近いが、それでも特定の枠組みに拘らず幅広く絵を見るという点に関しては文句なしだった。

ただ、全体として見るとやや表現主義などの抽象画が多い気がしたが、多分、それは企画者の好みなのだろう。もしくは、手当たり次第にかき集めたという結果なのかもしれなかった。


全ての展示を見終えたのは昼過ぎのことだった。小腹が空いてきたこともあって、俺達は美術館内のカフェに立ち寄り、軽く食事をとることにした。

屋内は人が多く嫌だという零子の言葉に従い、テラス席に向かう。

「意外に涼しいな」

椅子に座って首を巡らせる。風通しの良い日陰であることに加えて、テラスの突き出している中庭には大きな噴水があり、常に周囲に水を振りまいていた。それが、この空間に涼を運んできているのだろう。

「やっぱりいつ来てもここの雰囲気はいいね。この場所で絵を描きはじめたいぐらいだよ」

向かいに腰を下ろした来栖が、大げさな動作で両腕を広げる。

「多分、レトロな造りだから余計なんだろうな。これが前衛的な代物《しろもの》だったら、こうはいかねえよ」

「だろうね。前衛芸術は未知への興奮を僕らに与えてくれるけれども、安らぎという言葉からは遠いものばかりだ」

　そんな毒にも薬にもならない会話をしながら、俺達はもうひとりの連れである零子の様子を横目で窺う。入館した当初はそうでもなかったのだが、今のこいつは明らかに様子がおかしかった。

　相変わらず俺の手を握りっぱなしなのはいいとしても、もう一方の手の親指の爪をガリガリと噛みながら視線をあちらこちらに忙しなく動かして、ひどく落ち着きがない。

　その姿は鬱蒼と茂る髪の毛と相まって、この上なく不審に見える。

　よくこれで職員に呼び止められなかったものだ。

「それで……上木田の感想としては、どうだったのかな？」

　ごほん、とわざとらしく咳払いをしてから、何気ない風を装って来栖が訊いた。途端、爪を噛む音がやむ。親指を唇から離し、のそりと顔を上げる。

　ごくり、と来栖が喉を鳴らす音が聞こえた。気持ちはわからないでもない。今のこいつは、まるで絵を描いているときのような得体の知れない気配を全身から発していた。

「……吐き気が、する」

　ぼそりと零子は呟く。その声には、隠しようもない苛立ちがあった。もしかすると、それは憎しみであったのかもしれない。

　その呟きが聞こえたのか、近くを通り掛かったウエイトレスがびっくりしたような顔で足を止めた。

俺達のテーブルの上に目を走らせ、まだ食事が来ていないことを確認するとほっと安堵の息を吐き、だがすぐに困惑したような表情で零子と俺達を交互に見やる。

「あの……」

「ああいや、何でもありません、大丈夫です。お気になさらず」

来栖がよそいきのにっこりとした笑顔を向けてそう言うと、ウエイトレスはきょとん、とした顔で小さく首を傾げた。まだ納得していないようだったが、「大丈夫ですから」と来栖が重ねて言うと「そうですか」と頷き、ぺこりとお辞儀をして去っていった。

その背中を見送ってから、俺と来栖は顔を見合わせて大きく溜め息を吐く。

「……それで、何だって、上木田？」

零子はまた爪を嚙みはじめた。ガリガリと音を立てながら、宙のどこか一点をぼんやりと見つめ、呟くような声で答えを返す。

「は、吐き気が、する。ど、どいつもこいつも、どいつもこいつもどいつもこいつも……」

ぎょっとする。それはまるで呪詛だった。

いったい、それは誰に対する、何に対するものなのか。

呪いを吐き出すようにその言葉を繰り返す零子を、俺も来栖も止められなかった。こいつの身体から世界に滲み出す何かに、圧倒されていた。

「わたしは、おまえたちみたいには、ぜったい、ならない」

俺達ではない何かに向かって宣言するように、はっきりと、力強く、零子は言った。

「だから、わたしに、これいじょう、つきまとうな」

それはまるで、祈りの言葉のように、俺には聞こえたのだった。


帰りの車の中で、零子は寝入ってしまった。窓に額を当てるようにして、美術館での形相が嘘のようにあどけない寝顔を晒している。

手は、握ったままだった。

「なんだ、てっきり沖澄の肩に頭を預けたりなんかして、イチャついた寝方をするものだとばかり思っていたのに」

バックミラー越しに俺達を見やって、来栖がからかうような声をあげる。

「だから、あんたは運転に集中しろって言ってんだろうが」

「手はつないだままなのに、身体は離れようとするんだな、上木田は」

俺の言葉を無視して、来栖は続けた。

「なあ、沖澄」

「何だよ」

「それがないと生きていけないのに、それに近づきすぎると破滅してしまう——それって何だと思う？」

「いきなり何だよ。今更ギリシャ神話の解説でもしようってのか？」

「いや、そうじゃないけどね。はたして、イカロスは空から墜ちていく中、それを悔いたのだろうかと思って」

「あん？　何でだよ。飛ぼうとしていたに決まってんだろう」

俺の言葉に、来栖は息を呑んだようだった。

「墜ちてるんだから、また必死に飛ぼうとするに決まってんじゃねえか。後悔してる余裕なんてどこにあるんだよ」

「……そっか」

「そうだよ」

「そうなんだなあ……」

気が抜けたような声で、来栖は言う。

「何だよ？」

「きっと沖澄イカロスの手には、勇気があったんだろうと思ってね」

「ちがうのかよ？　だって俺は小学校の音楽の時間でそう習ったぜ」

「きっと何もなかったんだと思うよ。だから寒くて、暖かさを求めて空を飛んだんだよ。その火が自分を滅ぼすとわかっていてもね」

「だったら、飛ぶのをやめりゃ良かったんだよ。高いところばっか飛んでるから寒いんだろうが。地上に行け、地上に」

「——く、はは。たしかにそりゃそうだ。本当に、その通りだよ」

そう言って笑う来栖の声は、驚くほどに、無邪気だった。

フォーリング・ダウン

翌朝。

零子の今日の予定を確認するため上木田家に向かった俺は、玄関の扉を開いて中を確認したところで、動きを止めた。

「おいおい、俺は幻覚でも見てるのか？」

まるで俺を待っていたかのように上がり框《がまち》に腰掛けていたのは、零子だった。すでに制服に着替えており、髪の毛も整えられていて、その傍らには鞄も準備済み。

こんな光景は、これまでこいつと付き合ってきてはじめて目にする。

「その子ったら、今日は珍しく自分で起きてきたのよ。私もびっくりしたわ。雨でも降るのかしらね」

リビングから諒子さんが顔を出す。いつにない娘の行動に少し戸惑っているようだった。

視線を戻す。零子は相変わらず感情の読めない目で、じっと俺を見上げていた。

「そうやって待ってたってことは、今日も学校に来るんだな？」

こくり、と頷く。

しかし、どこかその姿には精彩がなかった。こいつの生き生きとした姿なんて想像することすらできないが、いつもに比べても、そう見えた。

「お前、まだ昨日の疲れが抜けてないんじゃないのか？　夏休みなんだから、無理しないで家で寝ていてもいいんだぞ」

「い、いい。だいじょう、ぶ」

「今日も描くのは禁止だからな」

「わ、わかってる、よ」

少しだけ口を尖らせる。

……まあ、いいか。なるべく無理をさせないように気をつけておこう。

「ああ、そういや花の世話はもう終わったのか？」

「う、うん。なかなか、芽が出なくて、たぶん、失敗、だから、さっき、新しいのに、替えてきた」

「そっちも、無理はするなよ」

「……うん」

少しだけ顔を暗くして、零子は頷いた。

「んじゃ、行くか」

立ち上がった零子は自然な動作で俺の手を握ってくる。少し驚き、手に、そして零子へと視線を向けた。

「…………」

零子は、じっと無言で俺を見ている。その目の奥には、何か切実な光が見え隠れしていた。

「……行くか」

俺はもう一度同じ言葉を繰り返し、玄関のドアに手を掛けた。

後ろで、零子が「うん」と答える小さな声がした。

どうしてか、それは、まるで泣いているように聞こえた。


「上木田は、それじゃあ今日はどうするんだい？　何なら本でも貸そうか」

いつものように美術室で俺達を迎えた来栖は、俺の後ろで所在なさそうに立つ零子にそう申し出た。が、零子はこれに首を横に振る。

「それじゃあ、保健室で寝ている？　上木田はあそこの常連だから、花江《はなえ》先生も快く寝床を提供してくれるだろう」

「い、いえ、いいです。栄くんの絵、み、見てます」

俺の手をぎゅっと殊更に強く握り、零子はその来栖の提案も断った。

美術室に入る前に手は離そうとしたのだが、何となく切り出しにくく、結局つないだままでここにやって来ていた。また来栖にからかわれるかもしれないと思っていたのだが、予想に反して、俺達の手を見ても来栖は何も言わなかった。

「上木田がそれで暇じゃないなら、いいけどね。沖澄は、今日はどこで描くつもりなんだい？」

「ここでいい。室内の方が落ち着いて作業できるからな」

下描きは細部まで描き込んであり、イメージもしっかりと摑んであるため、屋上まで行かずとも問題はないはずだ。逆に今の時間帯だと夕焼けのイメージにそぐわず、かえって作業の邪魔になってしまうだろう。

「そう。下塗りも終わってるし、その方がいいだろうね。わかったよ」

来栖は頷き、次いで零子に目をやった。

「何をもじもじしているんだ、上木田は」

言われて俺も後ろを振り返る。すると、たしかに微妙に内股になっている零子がいた。

「…………」

しかし俯いた零子は何も答えない。ただ落ち着きなく、膝をすり合わせるような動きを繰り返すだけだった。その姿を見ていて、ふと俺は思いつくことがあった。

「お前……まさかとは思うが、トイレに行きたいのか？」

その言葉にゆっくりと顔を上げた零子は、泣きそうな面持ちで頷いた。

「馬鹿かお前！　だったら我慢してないでさっさと行ってこいよ！」

「だ、だって」

俺の怒鳴り声にびくっと身を竦ませた零子は、つないだ手に視線を落とす。そして、次に、何かを訴えかけるように俺を見上げてきた。

「おいおい、上木田さんよ。まさかな、まさかまさかと思うんだが……俺についてこいとか、言うんじゃないだろうな？」

「な、夏休みで、ひと、いないから。だから、女の子のほう、入っても、だ、大丈夫、だとおもう」

「んなわけあるか！　漏らす前にさっさと済ませてこい！」

俺は無理矢理その手を引きはがすと、零子の哀れみを乞う眼差しを切り捨てて、美術室から追い出した。

「ったく、あいつは」

軽く頭を押さえて、溜め息を吐く。そんな俺を見て来栖は苦笑していた。

「まるで親子か、ペットとその飼い主みたいだね」

「うるせえよ」

毒づく俺にも表情を変えず、来栖はふとその視線を下にずらした。

手の平。俺の、手。

「それを放したら、あの子はいったい、どうなってしまうんだろう」

顔は笑っているのに、その目はむしろ泣いているように見えた。

「腐れ縁ってのは腐っても切れない縁だから、そう言うんだぜ」

「失われないものなんて、この世界には何ひとつないんだよ、沖澄」

そんなことは君だって知っているだろうにと、その目が言っていた。

俺は何も答えることは、できなかった。

この日、零子は言葉の通りにずっと俺を眺めていた。

時折強い視線を感じて振り返れば、零子は小さく唇を噛み締めて俺を見ている。

楽しいか、と訊くと首を振る。

つまらないのか、と訊くと首を振る。

「他にどうすればいいか、わからない、から」

小さく、俺にはわからないことを呟き、押し黙ってしまう。

俺はそれ以上掛ける言葉が見つからず、作業に戻った。

視線は、一時も離れることがなかった。


夕方になり、帰宅するときになって、零子が屋上に行きたいと言い出した。

来栖から鍵を借りてそこに出てみれば、空いっぱいに鮮やかな茜色が広がっていた。

零子はひとりで屋上の真ん中あたりまで歩いていくと、立ったままで空を見上げる。

オレンジというより赤に近い色の夕陽。雲の陰影が壮大な空に美しい模様を描き出していた。

風が吹く。通り抜けていく空気の流れに、零子の髪がぱらぱらと舞う。

そうやってしばらくの間、零子は空に何かを探すように無言で佇《たたず》んでいた。しかし結局何も見つからなかったのか、気落ちしたようにその顔を伏せる。

「気は、済んだのか？」

零子の傍まで行って、声を掛ける。しかし零子は答えずに、ただ俯いていて、その姿がひどく寂しげで、俺は思わず零子の手を握る。

零子はその目を繋がった手に向けて、次に俺を見上げた。

「やっぱり、私は、そこには、いけないのか……な」

そう言った零子は、とても弱々しく、泣きそうな顔を、していた。

「ねえ、兄さん。零ちゃんの絵描き禁止令っていつ解けるの?」

晩飯を食べ終え、部屋で受験勉強していたところに啓司がやってきた。顔を向ければ部屋の入り口で、着替えを手にして立っている。これから風呂に入るつもりなのだろう。

「さあなあ。あと一週間ぐらいは休んだ方がいいと思うが。それがどうかしたか?」

そう答えると、啓司はちょっと首を傾げて「ぼくも、久しぶりに絵を描こうかと思って」と言う。

「描きたいんなら、何もあいつを待たなくてもいいじゃねえか。ひとこと断りを入れりゃ、アトリエだって使わせてくれるだろ」

「え、いや、どうせ描くなら、やっぱり零ちゃんと一緒に描きたいんだよ」

そう言って、啓司は照れたように笑う。

たまに、啓司もこうして絵を描こうとすることがあった。といってもそれはあくまで趣味の域を出るものではなく、気が向いたときに描いたりする程度なのだが。

「まったく、何でこの頼れるお兄さんに懐かず、あんなのに懐いちまうかな、お前は」

「兄さんは傍若無人すぎるんだよ。もっと周囲に気を配ってもいいと思うよ」

眉をハの字にして、啓司は小言じみたことを口にする。

「そうかよ。考えようによっちゃ、俺なんかよりあいつの方がよっぽど自己中なんだけどな」

「ええー。ちがうよ、零ちゃんはただ人と付き合うのが下手なだけなんだって」

俺は啓司のその言葉に、あえて反論はしなかった。まだ、啓司にはわからないだろうと思ったからだ。

あいつは人と付き合うのが下手だからこそ、自分のことしか考えられないのだ。自分のことしか考える余裕がないから、周囲の人間、世界とうまく折り合いをつけることができないのだ。

啓司が出ていった後、俺は椅子から立ち上がった。窓から隣家の庭の様子を窺う。あいつのアトリエに、明かりは点いていない。どうやらきちんと言いつけを守っているらしい。

「こんなこと、何の解決にもなりゃしねえんだけどな」

一時しのぎでしかない。何かが変わらなければ、いつかまたあいつは同じことを繰り返すだろう。

先日の美術展の絵を思い出す。

「お前は、どんな絵をこの世界に残していくんだ」

それが、誰かの糧になるものであればいいと、俺は思った。

翌日も、その次の日も、俺が上木田家を訪ねたときには、すでに零子は用意を済ませて玄関で待っていた。

そんなことが、数日の間続いていた。時間通り起床して準備するのはいいことだが、その顔色がいまだに良くないのが気に掛かる。

「お前、ちゃんと寝てんのか？　それとも今度こそ本当に夏バテか」

「ね、寝れない、の」

返ってきた零子の声は、いやにか細く聞こえる。体調がいいようには決して見えなかった。

「たしかに、このところ熱帯夜が続いてるけどな。冷房があるんだからそれを使えば——って、そういやお前は身体に合わないんだったか」

昔から冷房の効いている部屋で寝ると、こいつは体調を崩すのだ。心だけでなく身体まで繊細だから、余計に質《たち》が悪い。

だからこそ、あのアトリエの環境は零子にとって重宝すべきものだったのだが、あんな場所にいたら、こいつは絶対に欲求に負けて絵を描いてしまうだろう。だから、もうしばらくは自室で我慢してもらうほかない。

「それにね、栄くん、め、芽が……芽が、出ないの。花が、咲かない、の」

零子は、俺の言葉を聞いているのかいないのか、焦点の合わない目で俺を見上げて、それがとても重要なことであるように、言ってくる。

「キレイに、ならない……ど、どうしてなんだろ……やっぱり、むり、なのかな。あ、あんなのが、ちゃんと、なるわけなくて、私だって、けっきょく」

「鬱陶しい」

親指の爪を噛んでぶつぶつ呟く零子の頭を、俺は、ぺしりと軽く叩いた。

「単にたまたま発芽しないやつに当たっただけだろ。この程度のことなんて、前にもあっただろうが。一々そんなことで落ち込むんじゃねえよ」

叩かれた頭を押さえて、零子は目を丸くしていた。ぽかんと間抜けな顔で俺を見つめる。

「う、うん……そう、だね。そ、そうだよ、ね」

パチパチと瞬きをして、まるで今目覚めたかのような挙動だった。

「お前、本当に大丈夫かよ？」

「だいじょ、ぶ。問題、ない、から」

そう言って、零子は立ち上がる。が、立ち眩みを起こしたのか、その足下がふらついた。

「おい」

慌ててその腕を摑み、支える。

「全然駄目じゃねえかよ。やっぱり無理しないで、今日は家で休んでろって」

「だいじょうぶ」

やたらときっぱり、零子は言い切った。

「え、栄くんのあの絵を、見届けたい、から」

その強情な態度に、これ以上何を言っても無駄なことを俺は悟る。どの道、今日か明日には仕上がる予定だったのだ。今はとにかく絵を完成させることだけを考えよう。そうすれば、こいつも少しは満足して休む気になるだろう。

「おとなしくしてろよ。それと気分が悪くなったらすぐに保健室に連れていくからな」

俺の言葉に、零子は素直に頷いた。そしてまた自然な所作で手をつないで、俺達は家を出た。


そうして今日も、美術室で俺は絵を描いている。

ペインティングナイフで絵の具をすくい、カンバスにのせていく。重ねていく。色はイエロー、限りなくオレンジに近い黄色みを帯びた色。それを空へ。グラウンドで部活に打ち込む生徒の空へと叩きつけるように塗りつけていく。

昨日までは筆を使っていた。しかしそれではあまりにもタッチが貧弱だったのだ。

あの日の夕暮れを思い出す。その陽の下で、この日最後の力を振り絞ろうとする、限りあるものの生命が立ち上るような輝き。それを表現するには、荒々しさが必要だった。画面からあふれかえるような、いっそ暴力的といっても良い力強さが、必要だったのだ。

ここに至っては、画面全体に掛かるフェンスも邪魔な要素になり、それごと夕空で塗りつぶしていく。

ナイフの軌跡の一つひとつ。画面に走らせる一瞬一瞬。そこに全てがあると思って、いのちを込める。カンバスに加えられる一筋に、ひとつのいのちを込めて、いくつものいのちを使いつぶして、大切に、大切に、しかし渾身で積み重ねていく。

カンバスの上をナイフが走り、色が重なる音。感触。カンバスと、ナイフと、この指先と、腕、心臓、脳。それらがつながり、渾然となり、ひとつになる。自分と世界が重なりひとつになるような感覚。世界の全てが把握できる、何でもできそうな万能感。

ならばと想起する。イメージ。記憶。瞼の裏側、眼球の後ろ、脳の真ん中に、その世界が、今まさに目前としたかのように、ありありと広がっていく。

夕日。落日。暮れていく太陽。柑子色の空。一日の終わり。一日が終わるとき。黄昏。そしていのちの輝き。

寂寥感。物悲しさ——そんな情感は、そこに存在しない。彼らにとって、一日の終わりとは、この熱帯地獄からの解放を意味している。この後に、彼らには苦役からの解放が確約されているのだ。それは天上からの祝福でもある。だからこそ、最後の力を振り絞り、その生命の最後の一滴まで燃焼し尽くそうとする。

そんな空が、物悲しいオレンジであるはずがない。

それは、燃えるような赤である。

それこそが、この空には相応しい。その色は力強いものでなくてはならないのだ。消え入るような、世界に溶けるような静かなものであってはならないのだ。そのためには、さらなる色が必要だった。深みが必要だった。こんな薄っぺらい空では、何も輝かせることはできない。

パレットの上にレッドとオレンジ系統の絵の具をぶちまける。溶かし、確認して、混色して、確認して、色を模索する。レッド、バーミリオン、クリムゾン、カーマイン、スカーレット。探す。

直感する。色彩の海の中からひとつをすくいあげて、カンバスにのせる。それは乾ききっていない色と重なり変化する。

「――――」

遠い彼方にあったものが今まさに手の中に。実感、確信。これが、求めていたものであると。

空を描く。光を描く。陽を描く。

もっと、もっと、と。

輝ける生命の空を目指して、心象風景を形にする。

途中で、はたと気づく。空の力強さに、その他の風景が食い荒らされてしまっている。絵を支配する一体感が、消えてしまっていた。こんな有様では、とてもあるべき世界とは言えない。

もっと、彼らにも力強さを。赤々と世界を照らす陽に負けぬよう生命を燃やし尽くさんとする、いのちの輝きを。

ボールを投げている投手。それを叩き返そうとする打者。飛来する打球を捕らえんと待ち構える守備陣。

相手陣地に単独で切り込むフォワード。必死に食い下がるディフェンス。いつボールが来てもいいよう両腕を広げ構えるキーパー。

彼らの周囲の色調を、少しだけ上げる。そして滲ませる。それがいのちの輝き。

再び空へと目をやる。仕上げ。

生命の燃焼。足掻き。しぶとさ。それらを呑み込み、渾然一体となって画面を支配する赤い空。

ナイフで色を重ねながら、俺は目を細めた。何かがちらつく。目を開けていられない。

そう思って、気づく。

ああ、眩しいのだ。この空の輝きが、目を眩ませるのだ。

ならば、つまり、それは、この絵が形になったということだった。これ以上、色を重ねる必要はない。

カンバスの右端から左端まで勢いよく、大きくナイフを走らせる。

最後の一色を描いて、それで、俺はようやくナイフを置いた。

大きく、息を吐き出す。

仕上がった絵を眺める。

やはり眩しい、と感じた。

ならばそれはたしかに、ここに形になったのだと、確信を得る。

膝が震える。腕が疲労で痺れている。全身をとてつもない脱力感が襲う。思考がまとまらない。うまく物事を考えられない。頭がぼんやりする。

眩しくて、カンバスから目を逸らした。けれど、世界から落日の色は消えない。目に焼きついてしまったのか。そう思って、ふと背後を見やる。

窓の外は、いつの間にか、茜色に暮れていた。昼食も忘れて没頭していたらしい。けれど、今は空腹もほとんど感じていなかった。

何かに導かれるようにして、ふらりと立ち上がる。そしてそのまま、窓際に寄って外の世界を見た。

燃えるような赤い夕日。その下で練習を行っている運動部。彼らの生む音。熱。いのちの燃える様。

「ああ」

きれいだな、と思うのだ。

世界は、こんなにもきれいなのだ。ふとしたとき、思いもよらないときに、気まぐれに世界はそんな一面を俺に見せてくれる。それをどうにかカンバスの上に表現できないかと今までずっとあがいてきた。

それが、成ったのだ。

先が霞むほどの高みまで続く階段のひとつを、ようやく上ることができたような、そんな気分だった。

「……？」

そこに至って、俺は零子がいないことに気づく。あいつが座っていたはずのスツールから、その姿は消えていた。

「上木田かい？」

不意に廊下から声が掛かる。白衣姿の男、来栖だった。

「あの子なら、ついさっき廊下ですれちがったよ。多分、家に帰ったんじゃないかな」

ドアに背中を預けた来栖は、どうしてか物憂げにその視線を伏せていた。

「あいつ、また」

「そう責めてやるなよ。あの子だって、好きで君の傍を離れたわけじゃない」

そう言った来栖は廊下の向こうに一度視線をやってから、こちらに歩いてきた。

「自己防衛的な反応なんだろうね。そうしないと、灼かれてしまいそうだったんだよ、きっと」

「また、俺の絵が原因ってか」

その声に苦いものが混じっているのが、自分でもわかった。いったい、俺にどうしろというのか。俺がただ当たり前に生きることの、何がそんなに悪いというのだろう。

俺の傍までやって来た来栖は、イーゼルの上の絵に目を落とした。

あのときと同じように、少し目を見開いて、すぐに細める。

「君の絵は、眩しいね。目が眩んでしまいそうになる」

さらに何かを言いかけて、しかし言葉が出てこなかったのか、来栖は諦めたように口を閉じた。きつく唇を噛み締めて、そのまましばらく絵を見ていたが、やがてその顔を上へと向ける。目頭を押さえて、肩を震わせる。

「…………」

何となく、俺は視線を外して、窓の向こうに目を向けた。そろそろ部活は切り上げ時らしく、野球部やサッカー部が後片付けを始めていた。それぞれ道具を倉庫に運んでいき、入れ替わりにトンボ掛けでグラウンドを整備する集団がぞろぞろ出てくる。

「本当にね、灼かれてしまいそうになるんだ」

やがて、声を絞り出すようにして来栖は言った。視線を戻す。相手のそれとぶつかる。俺を見るその目は、わずかに赤くなっていた。

「沖澄。君は、本当は絵を描くべきじゃないのかもしれない。或いは、上木田がそうするべきなのかもしれない」

「いきなり、何だよ」

「本当は、一緒にいるべきじゃないのかもしれない。けれど、おそらく、ここまで来てしまったら、もう後戻りはできないんだろう」

俺の言葉を無視するように、来栖は続ける。

「だから、どちらかが描くのをやめるしかないんだ。本当なら、あの子の方なのかもしれない。でも、あの子はきっと、やめられないんだろうね。今描くことを失ったならば、きっとどこにも行けなくなる。ただ同じ場所で立ち尽くすことしかできなくなる」

来栖は震える手で煙草を取り出すと、その口に咥えた。

「あんたは、何を言ってるんだ。何が言いたいんだ？」

「わからない……わからないさ、そんなことは僕にだって」

力なく首を振って、来栖は煙草に火を点ける。煙を吸うと、窓の方に向かって勢いよく吐き出した。

「僕はね、子供の頃、大人になれば何もかもうまくいくんだって思ってた。今悩んでいることも、十年後の自分なら呑み込んで消化して、へっちゃらな顔して生きていくことができるんだろうって。だって周囲の大人は、みんなそんな顔をして生きていたからね」

来栖は、口許を歪める。

「でも、そんなのは嘘っぱちのただの仮面だったんだよ。本当は、大人になったって、全然、驚くほど何も変わらない。自分は、結局いつまで経っても自分でしかないんだよ。他の何かになんてなれやしないんだ」

ただみんな、いろいろなものを諦めて、いろいろなものを誤魔化して、何でもないような振りをして生きているだけなんだ——そう、来栖は言った。

そしてそれ以外の言葉を、結局この日は口にしなかった。だから、本当は来栖が何を言いたかったのか、俺に何を伝えたかったのか、わからずじまいだった。

もしかすると、来栖自身も、何を伝えればいいかわからなかったのかもしれない。

言葉とは、なんて不便なツールなのだろうと、俺は思った。


日は沈み、あたりはすっかり暗くなっていた。

月は出ているのだが夏のこの時間帯にしては妙に暗い夜道を歩き、家路を辿る。自宅まであと少しというところまで来て、立ち止まった。

上木田家。アトリエの明かりは点いていない。とするなら、あいつは本宅の自室にいるのだろう。

少し考えて、俺は立ち寄ってみることにした。あいつが勝手に帰ってしまった理由の見当は概ねついているが、それでも実際に話してみないことにはわからない。

それに、今のあいつがどんな状態なのか、確認しておく必要があった。本当は、それを確かめるのは、少し恐ろしかったのだけれど。

インターフォンを鳴らすとすぐに諒子さんが顔を出した。話を聞くと、零子はどうやら帰宅するなり部屋に閉じこもって、そのままらしい。

「……寝ているみたいだから、起こさない方がいいかと思って」

その声を背に二階の零子の自室へ向かった俺は、部屋の前に、盆にのった食事が置いてあるのを見つける。手がつけられた様子はなかった。

諒子さんの言葉を思い返す。

娘を起こさないため、などというのはやはり誤魔化しのひとつなのだろう。

結局、まだこの親子の間にある溝は以前のままなのだ。それは、あいつが一度倒れたぐらいでは変わりようがないのだろう。もしかしたらそれは、一生埋まらないものなのかもしれなかった。

「おい、起きてるか？」

ドアをノックして中の気配を窺う。だが、反応はなかった。寝ているのか、無視を決め込んでいるのか。

ノブを回してみる。鍵は掛かっていない。開けて、覗き込む。

明かりは点いていなかった。窓から差し込む月明かりで部屋の中を見回した俺は、ベッドの上に、シーツで覆われた丸い盛り上がりを見つけた。

「やれやれ……」

何となく、ここにはいないような気がしていたため、知らず安堵の息を吐いてしまう。

自然と軽くなる足取りを抑え、部屋の中に足を踏み入れた。

「おい、寝てんのか？　もしかして身体の調子がまた悪くなったのか」

声を掛けるが、やはり答えはない。ベッドまで近寄り、少し迷った末にシーツを捲った。

「――え？」

思考の、停止。

そこにあったのは、丸められた、布団の塊だった。

「あんの、馬鹿！」

再起動。俺は部屋から飛び出した。階段を駆け下りて、玄関の扉を開けて、庭へと向かう。

アトリエには相変わらず明かりはない。だが、そこにいるはずだった。あいつに、そこ以外行くところなんてありはしないのだから。

ドアを開け放つ。

「……！」

そして。

月明かりだけが光源の薄暗いその中に、その空間の中心に。

いつものようにスツールに座ってカンバスに向かう、アトリエの主の姿があった。

それは、本当にいつもの光景で。

いつものように、制服姿の零子は、俺が来たことにも気づかずカンバスに向かい続けていた。暗くて表情はわからない。

俺は一瞬で頭に血が上るのを感じた。

「おい！」

ガラクタが足にぶつかるのもかまわず、真っ直ぐそいつの元に向かう。何かを踏みつけた。何かが割れる音がする。無視。何かが爪先に当たる。蹴飛ばす。

辿り着く。背後に立つ。しかしそれでもそいつは気づかない。それとも無視をしているのか。

「おい、零子！」

肩を摑んで、ぐいと引っ張る。

瞬間。

「触るな！」

これまでに聞いたことのない鋭い声が飛び、何かが闇の中を走った。月明かりに冷たく煌めいたそれは、ハッとするほどの鋭さで俺の手を掠《かす》めていった。

「っ」

痛みが走り、反射的に手を引き戻す。もう一方の手でそこを覆うと、ぬるりと嫌な感触がした。

ペインティングナイフ。

ぽたり、と傷口から滲みでたものが、床に落ちる。俺はよろめいて、一歩、後ろに下がった。

呆然としていた。何も考えられなくなっていた。

何に。俺はいったい、何に衝撃を受けたのだろう。頭が混乱して、自分でもわからなかった。ただ、それ以上零子に近づくことができず、そこに立ち尽くすしかなかったのだ。その丸まった背中を、何もかもを拒絶している小さな背中を、眺めていることしかできずに。

「お前」

自然に、膝から力が抜けた。すとんとその場に尻餅をつく。

そして、まるで殺気のような気配を放ちながら、叩きつけるようにカンバスにナイフを走らせるその背中を見上げた。

「いつ、からだ」

呟く。答えが返ってこないことなどわかっているのに。

「お前、いつから、また描きはじめた？　今日か、昨日か？　それとも本当は一日も休まず、ずっと描き続けてたのかよ」

本当は、わかっていた。

あの日だ。心のどこかで、予感していた。

あの、美術館での異常な様子を垣間見たときに、そういう予感はあったのだ。こいつは描くだろうと。描かなければ、きっと壊れてしまうだろうと。

だけれど、俺はそれを無意識のうちに、握りつぶした。

なぜなら、どうすればいいか、わからなかったからだ。今日、来栖が言っていたように、俺にはどうすべきかはわかっても、どうすればいいかわからなかったのだ。

当然、こいつには絵を描かせるべきではなかった。少なくとも今は。けれど、絵を描かせなかったなら、今の弱り切ったこいつは、簡単に押しつぶされてしまう。

今の俺では、絵の代わりになる何かを、こいつに与えることなどできやしないのだ。

俺では、駄目なのだ。

来栖が口にしていた言葉を思い出す。

イカロスが近づこうとしたもの。

近づけば近づくほど、その炎で灼かれてしまう。

零子に切り裂かれた手が、熱を持ったように痛んだ。

「どうして、お前は」

何かに取り憑かれたような後ろ姿を見て、声が漏れ出る。

答えのない、問い。

「俺にはお前が、わからないんだよ、零子」

――やがて、零子の、その手の動きが、止まる。

ぽとり、と手からナイフが落ちた。完成したのか、そうでないのか。零子は憑き物が落ちたかのように、カンバスを前にして身動きひとつせず静止していた。

立ち上がり、後ろから覗き込む。

息を呑んだ。

「お、まえ……」

それ以上、声が、出ない。うめき声しか、出てこない。

その絵は、今日俺が描き上げたのと、同じ絵だった。

モチーフが同じ。構図も同じ――のはずだった。

なのに、それはどこまでも俺の絵とはちがっていたのだ。

グラウンドにいる運動部員は全て黒く塗りつぶされ、まるで人間の出来損ないである泥人形のようだった。或いは地の底から這い出た亡霊にも見え、動きなく佇むその姿からは、躍動感や生命といったものがひとつも感じられない。

そして、空。黄昏。夕暮れ。橙色。

それは、地上を彷徨う者どもの心象を形にしたかのように、暗く沈んだ茜色をしていた。鮮やかさとは無縁の、どこまでも平坦で、のっぺりとした動きがない画面。冥界という世界があるのならば、そこにはきっとこんな光景が広がっているのだろうと思わせる、暗く不気味な絵だった。

その絵は、生者の世界を拒絶していた。完全に否定していた。

「う、あ、ア」

壊れたラジオのような声。

「ッア、ああ――――！」

叫び声。

零子が、頭を抱えていた。搔きむしるように頭を両手で抱え、血走った目でカンバスを凝視していた。

「あぁ――――――――!!」

絶叫。

限界まで見開かれたその目から、まるで血のような涙が零れていく。

音が聞こえるようだった。ぐしゃりと心が壊れ崩れていく音が、耳元で聞こえるようだった。

壊れていく。

俺の目の前で、上木田零子という人間が、壊れていく。

俺はそれを、呆然と見ていることしかできない。

正気を失ったかのように、泣きわめく声。

聞いていられない。こちらまで壊れてしまいそうな音だった。

耳を塞いでも、それを貫いて、聞こえてくる。やめてほしかった。そんな声を、俺に聞かせないでほしかった。

俺は、こいつのそんな声を聞きたかったわけじゃないんだ。

ついには暴れはじめた零子の身体を、俺は慌てて後ろから羽交い絞めにした。その手にはペインティングナイフ。長年使い込まれたそれは刃が鋭くなり、人の肌程度であれば容易に切り裂く。

それで何を切り裂こうというのだろうか。

必死で零子の身体を押さえつける。いったい、この細い身体のどこにこれほどの力があったのか。普段とは比べものにならない強い力で、零子は拘束から逃れようとする。

「零子！　零子……！」

名前を呼ぶ。何度もその名を口にする。

しかし零子は泣き叫ぶだけで、答えてはくれないのだ。

「————!!」

喚き散らす零子の手から、ナイフが飛ぶ。それを追って前に伸ばされた手に、これまで一番強い力が込められているのがわかった。引っ張られるようにして、俺の身体も前へ傾く。

体勢が、崩れる。

「っ」

零子を下敷きにして、床に倒れ込んだ。膝を打ちつけ、痛みが骨にまで響く。

だが、それよりも零子だ。俺に押しつぶされるようにしてうつ伏せになった零子は、まるで電池が切れたかのように、ぴたりと動きを止めていた。叫び声もやんでいる。

「お、おい！」

最悪の想像がよぎる。慌てて自分の身体をどかして、零子を仰向けにする。

「零子……？」

意識はあるようだった。見たところ傷なども見当たらない。

けれど、その顔からは表情が抜け落ちて、虚ろな眼差しで天井を見上げているだけで、呼びかけにも何の反応も返さない。頬を叩いても、手を握っても、零子は一切の反応を見せなかった。ただぼんやりと、虚空を見つめているだけだった。

その様は、まるで、本当に壊れてしまったかのようで。

「冗談は、やめろよ」

その半身を抱き起こして、揺する。頰を叩く。けれど完全に脱力した零子の身体は頼りなく揺れるだけで、やはり俺に応えない。

「おい、返事をしろよ。何か言えよ」

顎を摑んで顔をこちらに向けさせても、その瞳だけが遠いどこかを見ている。

「俺を、見ろよ」

呟くような声は、虚しく宙に消えていった。

それ以上何を言えばいいのかがわからなくて、こいつが求めている言葉が何かわからなくて、俺は沈黙するしかない。

投げ出された零子の手を握って、じっとしているしかできなかったのだ。

「…………」

先ほどまでの激しさが嘘のように静かな時が流れる。

俺の胸の中で、零子は身じろぎひとつせず、その痩せ細った身体を俺に預けていた。

背中越しに伝わってくる熱、拍動する心臓の音、異性の――というより上木田零子という人間の生々しい匂い。それらが、こいつはたしかに生きているのだということを俺に教えてくれる。

握りしめた手に、力を込める。零子につけられた傷が発する熱と零子の体温が、混じり合うような感覚。血は、もうほとんど止まっていた。ただ生命が放つ熱だけが、そこにはあった。

もう一度、力強く、握りしめる。

ぴくり、と抱きとめた身体が動いた気がした。

「零子……？」

ここに来て、はじめての反応。見れば、焦点を失っていた零子の目が、ぼんやりとした様はそのままに、俺に握りしめられた手に向けられていた。

握り返された、気がする。

零子の顔を見る。

俺を、見ていた。その焦点の合わない眼差しで、俺を見上げていた。

目が合う。

吸い込まれるように黒く円らな瞳。それだけは、こんな状況にあっても変わらず。その美しさに、俺は息を呑んだ。

「……栄くん」

俺の名前を、呼ぶ。何の感情も浮かんでいない透明な表情で俺を見上げて。

握りしめた手が、零子の力によって持ち上げられる。零子はその手を、俺の手を、そっと自分の胸の上に置いた。制服のシャツ越しに、柔らかい感触。そして、俺の手の上から、自分の手を重ね、押しつける。それはつぶれて、形を変える。

そこにあったのは、女の身体だった。

「あのね、栄くん」

戸惑う。何をしているのか。何をされているのか、理解が追いつかない。

そんな俺を見上げて、零子は言う。

「私に——触れて、くれますか？」

過去の一場面が、脳裏に蘇る。

四年前の、夏の日。

ベッドの上。零子を押し倒して、その手首を押しつけた。俺を見上げる澄んだ瞳。

それがとてもきれいだったから、傷つけてしまいたかった。

近くにいるはずなのにその距離は遠く、だから無理にでも俺の傍に縛りつけようとした。

『俺だって、まちがうことはあるさ』

まちがい。正しくなかったこと。誤っていたこと。

『本当にそれはまちがってたんだろうか？』

けれどあの植木鉢で健気に咲く花のように、摘んでしまえばそれは失われてしまう。この手にしたとしても、それはきっと俺がきれいだと思うものではなくなってしまうのだ。

「……そっか」

俺の目を見て、零子は答えを知り。

零子の目を見て、俺は零子の思いを知る。

「やっぱり、栄くんは、そうなんだね」

零子は静かな声でそう言って。

「うん、じゃあ、しょうがない、ね」

とても透き通った、きれいな微笑みを浮かべた。

俺は零子に何も言うことができなかった。しばらくそんな俺を見上げていた零子だったが、やがては俺の手を放して、ひとりで立ち上がった。そうして、イーゼルに掛かっていた先ほどのカンバスを手に取ると、

「……！」

それを思い切り振り上げて、思い切り床に叩きつけた。めきっという音がして、布地を張っていたカンバスの枠が折れ、それは絵ではなくなる。

零子は同じことを、アトリエの中にある全てのカンバスがなくなるまで、何度も繰り返した。

折って、裂いて、踏みにじる。

俺は、かつて俺の心を震わせた作品の数々が無惨に廃棄されていく様子を、黙って見ていた。それ以外、どうすることもできなかった。

「……もう、いい」

自分のこれまでを全て破壊し尽くした後で、立ち尽くす零子はぽつり、と呟く。

「もう、私は、絵を描かない」

そう宣言する零子の表情は、月明かりの影に隠れて、俺には見ることができなかった。

俺はまた、まちがえたのかもしれない。

みにくいもの＝きれいなもの

その日以来、本当に零子は絵を描かなくなった。

何日も自室に閉じこもっていたかと思うと、ふらりと外に出て夜遅くに帰ってきて、また何日も閉じこもる。その繰り返し。

ときどき訪れるアトリエには次第に埃が積もっていき、放置された植木鉢はもう花を咲かすこともなく、かつての痕跡が時間に押し流されていく。

俺にまとわりつくこともなくなった。むしろ、避けているようだった。上木田家を訪ねても申し訳なさそうな顔の諒子さんが出てくるだけで、俺と会おうとは決してしなかった。

だから、俺は毎日ひとりで学校に通い、夏休み中はひたすら絵を描き続けていた。

昼間は美術室で絵を描き、夜は家で受験勉強をする。

そんな日々が延々と続いて。

いつの間にか、部屋に置いてあった植木鉢の花は、枯れていた。

「ごめんなさいね、あの子、もう出ちゃったみたいなのよ」

始業式の朝、訪れた上木田家の玄関で諒子さんにそう言われた。それで、俺はこんなことをする必要も、もうないのだと悟った。

「きちんと制服も着てたし、朝ご飯も食べていったから、学校に向かったとは思うんだけど……」

「そうですか。わかりました」

「ごめんなさいね、わざわざ来てもらったのに」

「いえ。多分、もう俺は必要ないんでしょう」

頭を下げて、上木田家を後にする。申し訳なさそうな顔をする諒子さんは、なぜかいつもより明るい表情だったような気がした。

通学路を、ひとりで歩く。

夏が過ぎて大分涼しくなり、それほど暑さを感じなくなっていた。

空を仰ぐ。青い空。けれどそれは、夏のそれよりも薄く、低い。突き抜けるような空という表現がぴったりだった夏の空とは、異なる。

秋の空なのだ。そんなことに、今になって気づいた。

「そうか……夏は、終わったのか」

そして俺の中の、或いはあいつの中の何かも、夏という季節と一緒に、終わってしまったのだろう。

過ぎて、去り、もう、戻らない。

二度と。

「…………」

ぼんやりしているうちに、学校に着いた。下駄箱で上履きに替える。そのまま自分のクラスに向かおうとして、ふと、一目あいつの様子を確認しておこうと思い立つ。

俺とあいつのクラスは廊下の端と端、真逆の方向にある。俺のクラスは廊下の奥で、あいつのは手前側。

開け放たれたままの教室のドアから中を覗き込んでみる。

「――は」

がん、と誰かに頭を殴られたような気がした。

そいつは、いた。窓際の席。その後ろから二番目。その席に、座っていた。

あれだけ長かったぼさぼさの黒髪が、肩までのショートカットになっていて、そこには寝ぐせのあとなどひとつもなくきれいに整えられ、見事なつやを放っている。

そして今までまったく化粧っ気がなかったその顔には、薄いナチュラルメイクが施され、唇は水気を含んだように光を反射している。

そいつは、きれいすぎた。

まるで創られた美術品のように、完璧だった。

誰もが、突然クラスに出現したその美しい女生徒を呆然と眺めていた。やがて、そのうちのひとり、前の席の女子がおずおずと振り返り、当人へと声を掛けた。

そいつは微笑んで何か言葉を返した。その柔らかく明るい反応に相手は驚き、だがすぐに興奮したように何かをまくし立てる。それを契機として、遠巻きにしていた他のクラスメイトも数人話に加わりはじめた。

何人もの人間に囲まれ、そいつは、とても楽しそうに、声を出して笑っていた。俺は、このときはじめて、そいつの笑い声を聞いた。

クラスメイトに囲まれて、うれしそうに会話を交わす姿を見て、その光景を見て、俺は。

「っ――」

ひどい、吐き気を催した。

気持ちが悪かった。それ以上見ていられず、足早にその場を後にする。

「何だあれは。何だよあれは！　何なんだよ！」

あんなに醜いものを、俺ははじめて見た。

あんなにきれいで、醜悪なものを。

胸がずたずたにされる。心が、打ち砕かれる。

何というものを、あいつは創ったのだろう。あれが、あいつの理想だと、あいつの望んだふつうの上木田零子だとでも言うのだろうか。

「クソッたれが……！」

頭がおかしくなりそうだった。心が痛みに耐えかねて血を流す。

どこかに逃げたくて、どこかに行きたくて、気づけば俺は自らの巣にやって来ていた。

美術室。誰もいないそこで膝を抱えて、嵐のように荒れ狂う心中を、何とか鎮めようと躍起になる。

そうしているうちに視界に誰かの足が入って、俺は顔を上げた。来栖だった。

「沖澄も、見たのかい？」

火の点いていない煙草を口に咥えて、来栖は言う。

「あんたも、見たの、か？」

苦しくて、息苦しくて、胸を押さえて、白衣姿を見上げる。

「見た、というかね。朝、学校に来たときに出くわして、挨拶されたよ。最初、誰だかわからなかった。きれいな子だなと思ったよ。でも、そんな僕にね、あの子は言ったんだよ」

――やだなあ、先生。私ですよ、私。上木田零子です。ちょっとイメチェンしてみたんですけど、どうですか？　おかしくないですか？

「あの子の笑顔というのを、僕ははじめて見たよ。そして、もう二度と見たくなくなった。あんなものを目の前で見せられ続けたら、僕の弱い心なんか、あっという間に呑み込まれてしまう」

来栖は、倒れ込むようにスツールに腰を下ろした。そして、ぼんやりと宙を見る。

「ねえ、沖澄。僕の、本音を言ってもいいかな」

「…………」

「上木田は、もう駄目だよ」

「…………」

「少なくとも、僕にとっては、もうあの子はそういう存在になってしまった。僕はもう二度と上木田に近づきたくない。というか、近づかない」

「………」

「近づいたら、絶対に引きずり込まれる。道連れにされる。だから、今後一切、僕は上木田には関わらないようにする」

「………」

「君はどうするんだい、沖澄——と訊くのは、酷なんだろうね」

深く溜め息を吐いて、来栖は首を振る。

「一応教えておくけれど。沖澄。君はかけがえのない存在を失っても、道を外れることなく生きて、最後には幸せになれる人間だよ」

うっすらと癪に障る笑みを浮かべて、来栖は美術室を出ていった。

ひとり取り残され、俺は床に寝転がる。

天井を見上げる。

「知ったような口を、利くんじゃねえよ」

仮にそうだとしても、だからといって、それを失ってもいいなどと思えるわけがない。その程度の執着しかないのであれば、はじめからかけがえのない存在になどなっていないのだから。

「失われたものは、絶対に戻ってこねえんだぞ」

両腕で顔を覆う。

けれど、それで。

いったい俺は、何をどうしたいのだろう？


結局、始業式やホームルームなど午前の授業は全て出席せず、五限が始まる頃になってから、俺は教室に顔を出した。夏休み明け初日の上にいきなり一日授業ということもあってか、クラスには気怠い雰囲気が漂っている。

まったく交流のないクラスメイトは、今になってやって来た俺を一瞥したが、すぐに興味を失ったようだった。特に注目されることもなく、席につく。まあ、今までを思えば当然の反応だろう。その無関心さが、今の俺にはありがたい。

「あ、沖澄くん、今日は珍しく重役出勤だね。っていうか、そもそもお久しぶり」

――だというのに、後ろの席の美馬川《みまかわ》がわざわざ声を掛けてきた。

「うわ、なにその鬱陶しさを隠そうともしない視線。そんなんだから沖澄くんはクラスで浮いちゃうんだと思うよ」

「余計なお世話だ」

美馬川は、何というか、普通のやつだった。美人ではないが不細工でもなく、性格だって格別陽気ということはないが、かといって陰気だったりおとなしいというわけでもない。

これといった特徴がない無個性な女なのだ。記憶に残りにくいと言い換えてもいい。多分、卒業したら真っ先にその存在を忘れてしまうタイプ。

しかしこの美馬川、普段はその他のクラスメイトと同じく挨拶することもない相手なのだが、時折思い出したようにこうして声を掛けてくる。

「そういやさ、沖澄くんの彼女、噂になってるよ」

席に着いた俺に、耳打ちするように言ってくる。

「……彼女じゃねえよ」

「え？　ちがうの？」

無言で頷く俺を、美馬川は「ふーん」と言って見つめる。

「まあいいや。それにしても、あの子ってあんなに美人さんだったんだねえ。今まで全然気づかなかったよ」

「だろうよ。あの髪型だったからな」

「そうそう。それに雰囲気も……まあ、その、ちょっと暗かったからね。なのに、今日見て、びっくりしちゃったよ。あれ、まるっきり別人だよね」

「本当に、別人なんじゃねえのか」

「え？」

美馬川はきょとんとした顔をする。

「いや、何でもねえよ」

俺は首を振って、身体を前に向ける。それ以上の会話を拒否する姿勢。それが伝わったのか、美馬川が続けて話しかけてくることはなかった。

「そうかあ……彼女じゃないんだあ」

ただ、ぽつりとそんなことを呟いていた。


やがて五限目の数学の授業が始まった。すでにこのあたりの内容は休み中の受験勉強で終えていたため、どうにも身が入らず、途中から聞き流す姿勢に入った。

シャープペンを指先でくるくる回して、外を眺める。グラウンドには、ジャージを着て身体を動かす生徒の姿が見える。

あいつのクラスだった。体育館に目を移す。入り口のところでは、サボっているのか休憩しているのか、数人の女子が固まって話をしていた。

そのグループの中心に、零子の姿があった。楽しそうに笑い合って、時折肘で小突き合ったりしながら、何かの話で盛り上がっている。

胸が、軋むように痛んだ。

焦燥感だけが募っていく。

「……？」

ふと、誰かの視線を感じた。左に向けていた首をさらに左に向けて、後ろの席を見やる。

一瞬、美馬川と目が合った。しかしすぐに美馬川はノートに視線を落とし、何事もなかったかのようにスルーする。

何となく気まずいものを感じて、俺も前に向き直った。

「…………」

放課後になるなり、俺は鞄を手にして立ち上がる。

今日もやることは変わらない。絵を描く。それ以外に俺のやるべきことはない。そう思い込むことが逃避でしかないことぐらいわかっている。だがどうしたらいいのか、俺にはわからないのだ。

どうすべきかはわかっている。一刻も早くあいつのもとに向かって「そんな無様な姿を晒すな」と怒鳴りつけて、俺のところに連れ帰ってくるのだ。

だが、それでは何も解決しない。きっとあいつは俺に訊くだろう。

『だったら、私はどうしたらいいの？』と。

今の俺に、それに対する答えはない。

舌打ちをひとつ。やや乱暴に椅子を席に戻して、教室を出ようとする。しかし少し歩いたところで、「あ、ちょっと沖澄くん！」という声が後ろから掛かり、俺は足を止めた。

「あの、良かったら電話番号、教えてくれる？」

美馬川だ。はにかんだ笑みを浮かべ、自分の携帯を取り出して胸の前で握りしめている。

「……何でだよ？」

「な、何でじゃないよ！　だって友達なら普通、携番ぐらい教えるでしょ！」

怒ったように言う。

「友達？」

俺と美馬川を交互に指さして、訊き返す。

「え？　うん、友達」

同じように自分と俺とを交互に指さして、美馬川は繰り返す。だがすぐにハッと何かに気づいたような顔になって、その笑みを引き攣《つ》らせた。

「あの、もしかして沖澄くん。私のこと、友達だと思ってなかったとか？」

「……いや、んなことはねえよ」

ごそごそとポケットを探って自分の携帯を取り出す。

「うわ、誤魔化したねっ。絶対思ってたよこの人！　ひどっ、鬼畜過ぎるよ沖澄くん！」

「うるせえな。文句があるなら教えねえぞ」

俺の言葉に美馬川は「何なのもう……本当に、ひどいなあ」とぶつくさ言いながらも、素直に番号を教えてくる。俺はそれを自分の携帯に打ち込んで、発信する。美馬川の携帯から流行のポップスが流れたのを確認して切る。

「うん、これで大丈夫。ちゃんと登録したよ」

「そうか。ならそういうことでな。俺は部活に行く」

携帯をしまって、今度こそ教室を出ようとする。

「あっ――」

だが、またもや美馬川の声が掛かり、俺は小さく舌打ちをして振り返った。

「今度は何だ？」

「そ、そんなにうざったそうにしなくても……」

「いいから、何だよ」

「うん、そのね、沖澄くん、たしか美術部だったよね？」

「正確には同好会だけどな。で、それがどうした？」

「これから、ちょっと見学させてもらってもいいかな？」

おずおずといった様子で、美馬川はそう切り出してきた。

他人がいると気が散るやつがいるから——と反射的に答えようとして、すぐに俺はもうそんな配慮をする必要などないことに気づいた。

「ど、どうかな？　迷惑だったら断ってくれて全然かまわないんだけど」

上目遣いの美馬川を見ながら、俺の頭の中にはいろいろな断りの文句が思い浮かんでは、消えていった。

どれも、決定的な言葉にはなりえなかった。だが他人を、俺達以外の誰かをあそこに連れていくことに妙な抵抗感があったのだ。もう、あいつはあそこに来ないだろうとわかっていたのに。

今、あの美術室で絵を描くのは俺ひとりだった。そして俺だけならば、他人がいようがいまいが、そんなことは気にならない。だから、別にこの申し出を断る必要などないはずだった。

「別に、いいぞ」

そう思った瞬間、するりと口から了承の言葉が滑り出ていた。あ、と思ったときには美馬川の顔がパッと輝いていて、訂正する隙はなくなっていた。

またひとつ、俺の中で何かが、通り過ぎていったような気がした。


連れ立って廊下を歩き、ふたりで特別棟に向かう。美馬川は妙にはしゃいでいた。俺は少し上ずった調子の言葉を話半分に聞き流していたのだが、それでも美馬川は楽しそうだった。そんな風にして、ちょうど下駄箱の前を通りかかったときだ。

零子と、他にも何人かの女子のグループに出くわした。街にでも繰りだそうとしているのだろう、どこに行くかを相談していたようで、「やっぱ歌おうぜ」「上木田さんの歌聴きてぇー」「あんたは音痴だから歌わなくていいわよ」「ひどー」などと騒がしい声が上がっていた。

それをにこやかに眺めている零子と、不意に目が合う。

「…………」

「…………」

先に視線を逸らしたのは向こうだった。まるで、何も見えていませんよとでもいうような、あからさまな逸らし方だった。

しかし逸らした先で俺の隣にいる美馬川に気づき、一瞬、笑みが凍りついた。逃げるようにさらに視線が逸らされる。

グループの中のひとりがそんな俺達の妙な空気に気づき、零子の脇腹を肘で突きながら「……付き合ってたんじゃないの？」と訊いた。

「ちがうよー。ただの幼馴染みだってば」

笑いながら否定する声を背に、俺はその場を通り過ぎる。

無性に、苛々した気持ちが込み上がってきた。

「あの馬鹿が。そうやって自分を傷つけて何になるんだよ」

見ていられなかった。そして、こうして通り過ぎていくことしかできない自分に、余計に苛立ちが増す。

「……ねえ、怒ってる？」

「あぁ？」

思わず、乱暴な口調になってしまった。美馬川は俯いてしまう。それを見て、俺は小さく舌打ちをして、頭をガシガシと掻いた。気を落ち着けるように大きく息を吐いて、気持ちを切り替える。

八つ当たりほどみっともないことはない。これは俺の問題で、美馬川には関係のないことなのだから。

「……悪かったよ。怒ってねえから心配すんな」

「そっか。うん、なら、いいんだけどね」
先ほどの妙な雰囲気に気づいているはずなのに、美馬川は何も訊いてこようとはしなかった
その気遣いが、今の俺には心地良かった。

来栖は、美術室にやって来た俺の後ろにもうひとりいることに気づくと、ひどく驚いたようだった。

「いやはや……さすがの僕も、これは予想できなかったね」

驚きから冷めると、途端にいつものニヤニヤ笑いを浮かべ、俺と美馬川を交互に見やる。

「今朝の今で、これだからね。沖澄も意外に手が早い」

「黙れ、似非教師」

近くにあった木片を全力で投擲《とうてき》する。来栖はあっさり片手で受け止めた。

「で、君は？」

俺達のやりとりを見て目を丸くしていた美馬川に、来栖は声を掛ける。

「え？　あ、はい。その、私、沖澄くんと同じクラスの美馬川っていいます。今日、見学させてもらってもいいですか？」

「僕はかまわないけどね。沖澄がいいのなら」

「別に、問題ないだろ」

「そう。なら、そういうことで」

何か含みがあるような言い方だった。だが、来栖がそれを言葉にすることはなかった。いつもの調子でニヤニヤして「じゃあ、始めようか」などと大仰な仕草で両腕を広げる。

「それで、今日はどうするつもりなんだい？」

「あー……そうだな。ここのところ風景画ばかり描いてたから、そろそろ人物画でもと思ってるんだけどな」

「人物画か」

顎に手をやって考え込む来栖は、何かを思いついたのか、美馬川に視線をやった。頭の天辺から爪先まで遠慮なしにじろじろ見てまた何かを考え込み、やがて「うん」と頷く。

「美馬川、だっけ？　君、沖澄の絵のモデルになってみないかい？」

「私がですか？」

いきなりの申し出に、美馬川は驚いたように自分を指さした。

「うん、もし君が良ければだけどね。部活には入ってるの？」

「いえ、入ってませんけど……」

「バイトは？」

「あのー、一応この学校では、校則で禁止されてるはずですけど」

「校則なんて僕はひとつも知らないよ」

来栖はしっしとハエでも追い払うかのように手を振ってから、「だったら、どうだろう美馬川。やってみないかな？」ともう一度繰り返した。

「なに、沖澄は手が早いからね。ああ！　もちろんこれは描くスピードという意味で、男女関係のそれではないから勘違いはしないように。で、まあ、そんなわけだから一日二、三時間を目安に三日ほど続けてくれれば済むと思うよ」

「あの、でも私なんかが」

「いやいや、絵のモデルといっても、別にそんな大層なものじゃないから。動くなとか喋るな、なんてことは言わないし、しばらくの間、静かに椅子に座っていてくれさえすればいいんだ。気後れする必要はないよ」

「でも、その……沖澄くんは、私でいいの？」

「うん？　別に誰でもいい」

「あ、そうですか」

「だが見知らぬ他人よりは、少しは知っている人間の方がいい」

俺がそう言うと、美馬川は少しの間悩むように「うーん」とうなっていたが、最終的にはこの申し出を承諾した。

「よし、じゃあまずは――」

「あ、や、やっぱりちょっと待ってください！」

早速準備に入ろうとした俺達を、美馬川は慌てて止めに入った。

「ん？　やっぱり嫌なのかい？」

「いえ、そうじゃないんですけど……できたら明日からにしてくれませんか？　その、何というか心の準備が」

「ということらしいけど、どうする沖澄？」

「別に、俺はいつでも」

どうしても今日描きはじめたいというわけではない。

「だったらそうしようか」

「すみません。あの、それじゃあ、今日はこれで失礼します」

来栖にそう言ってから、美馬川はちらと俺を見やる。俺が頷いてみせると、「ごめんね」と顔の前で両手を合わせて、そそくさと妙に慌てたように出ていこうとする。

その背に、「あ、美馬川」と来栖が声を掛けた。「何ですか？」と振り向く美馬川に、来栖はいつものあのいやらしい笑みを向けて、

「美容室代、ちゃんと持ったかい？」

そう言ったのだった。

「っ……！」

美馬川は顔を真っ赤にすると、逃げるように美術室から飛び出していった。それを見送って、くくっと来栖は喉で笑う。

「やれやれ。可愛いもんだね、沖澄」

「……知るかよ」

「そうか。沖澄がそう言うんなら、そういうことにしておこう」

ニヤけた面から顔を逸らし、俺は部活の準備を始める。今日はテーブルの上に果物やコップなどの静物をいくつか並べて、それをデッサンすることにした。

今はただ何も考えず、ひたすら絵を描いていたかった。


一枚、静物画のデッサンを仕上げたところで、部活を終える。そのまま真っ直ぐ帰宅はせず、消耗品を補充するため駅近くにある行きつけの画材屋に立ち寄った。溶き油や木炭など細々としたものをまとめて購入し、店を出る。

まだ七時前だったが、秋の空はすでに暮れはじめていた。夕闇が迫り、あたりは薄暗くなっている。対して、大通りでは青やら赤やらのチカチカと目に痛いネオンが輝き、街は夜のそれへと姿を変えていこうとしていた。

これから集まろうとしている若者、解散して帰宅しようとするさらに若い高校生達。

「じゃあねー。また明日」

「うん、ばいばーい」

——聞き覚えの、ある声だった。

今さっき通り過ぎたところを振り返る。よく目にするカラオケチェーン店の前で、手を振り合って別れる数人の女子高生がいた。その中のひとりに、俺は見覚えがあった。

零子。

その姿を横目にしても、街の光景の一部として何の違和感もなく通り過ぎてしまうほどに、この場所に溶け込んでいた。

　何と表現すればいいのだろう。ひとりぽつんと立って、離れていく女達を見送っている後ろ姿。その周囲にはひっきりなしに人が行き交い、時折男達の好色そうな視線が向けられる。さらにその外側には、そびえ立つビル、ネオンを輝かせる居酒屋やカラオケ、レストランのさまざまな看板。

　まるで、そのまま街に呑み込まれてしまいそうに、俺には見えた。

　やがて見送っていた者の姿が見えなくなると、零子は口許に手を当てて近くの路地裏に駆け込んでいった。

　考える間もなく、身体が、その後を勝手に追う。路地裏に入ってすぐのところで、零子が背中をくの字に折って嘔吐しているのを見つけた。

　げえげえと、胃の中のものが空っぽになってもまだ、吐き続ける。まるで本当に吐き出したいものは、胃の中にはないとでもいうように。

　そのうち胃液の中に血が混じるのではと少し心配になってきた頃、ようやく零子は吐くのをやめた。ぐい、と腕で乱暴に口許を拭って、身体を起こす。

「…………」

　俺と目が合った。だが、気づいていないのか、それともはじめから気づいていて無視しているのか、零子は特に何の反応もせず、ふらふらと俺の傍を通り過ぎていった。

無言で、後を追う。零子の足取りは、夢遊病者のように覚束ない、不安定なものだった。先ほどまでの快活な姿など、影も形もなかった。

ときどき、すれちがう人々とぶつかっては迷惑そうな目で見られ、しかし本人はそれを気にした様子もなく、俯きながら歩いていく。

零子は、真っ直ぐ自宅には帰らなかった。俺達の家がある住宅街までやって来たところで進路を変更し、近くの児童公園に向かう。

この時間帯になると人気《ひとけ》はまったくなかった。公衆トイレにジャングルジム、ブランコに滑り台に砂場という遊具だけの、さして大きくもない公園は何だかひどく寂れているように見える。

零子はふらふらした足取りのまま、トイレに入っていった。俺はその背中を見送ってから、公園内にある自販機でミネラルウォーターを買って戻る。

しばらく、うめき声のようなものが聞こえてきたが、やがて静かになり、水の流される音が響く。零子は中からふらりとよろめきながら出てくると、公園が広く見渡せる中央のベンチに腰を下ろした。足ごとベンチの上にのせて体育座りをすると、両膝の間に顔を伏せてじっと動かなくなる。

「……おい」

その旋毛を見下ろして、俺は声を掛けた。

しかし、返事はない。死んでしまったかのように、殻に閉じこもっている。

俺は溜め息を吐いて、零子の傍に先ほどのミネラルウォーターを置いた。そして隣に腰を下ろす。

きしっと、ベンチの軋む音がした。

「…………」

しばらく、無言の時間が続いた。チカッチカッと街灯が瞬き、薄闇を照らしだす。

俺は何かを言わなければならないという強い衝動に襲われたが、何を口にして良いかわからず、結局、何も言うことはできなかった。

三十分ほど経っただろうか、ようやく顔を上げた零子は、抱えていた足を下ろしてそのまま立ち上がろうとする。だが腰を浮かせた瞬間、身体がふらりと傾いて、俺は思わず手を伸ばした。

「触らないで——！」

悲鳴のような声に、俺の手は、零子に触れる寸前で停止する。倒れ込むかに見えた零子の身体は、何とか堪えて、その足がしっかりと大地を踏みしめる。

猫背になりそうな背を真っ直ぐ伸ばして立つその後ろ姿からは、表情は窺えなかった。

「お前、そんなのが」

いつまで続くと思っているんだ。

そう続けようとして、口を噤む。

「だ、だったら、他に、どうすれば、いいの」

そんな言葉を返されることが、わかっていたから。

「…………」

そして、それに対する答えを、自分が持ち合わせていないことを、わかっていたから。

零子は俯いて、しかしすぐに顔を上げると、一度も振り返らずに公園を出ていった。俺はそれを見ていることしかできなかった。

後に取り残されたのは、俺と、結局一度も口をつけられなかった、ペットボトルだけだった。


それからどれぐらい時間が経ったのか、いい加減、俺も帰宅しなければならなかった。

立とうとするだけでも億劫な重い腰を、やっとのことで上げて、公園を後にする。

途中、視界の端に何かがちらついて、夜空を見上げた。白く小さな、雪のようなもの。花びらのようなそれが、空高くをいくつも舞っていた。けれどそれは本当に一瞬のことで、風に流されて、あっという間に夜の闇に消えていってしまう。

もしかしたら、目の錯覚だったのかもしれない。

何度か瞬きした後に残っていたのは月と星ばかりで、それ以外に動くものは何ひとつ存在していなかった。

やがて自宅前——上木田家を通り過ぎようとしたとき、その玄関前に、一郎さんが立っていることに気づく。向こうも、俺に気づいたようで、どこか疲れたような顔で片手を上げた。

「どうしたんです、そんなところで」

「うん？　いや……家の中は禁煙なものでな」

手に持った煙草を上げて、俺に見せる。

「…………」

「…………」

妙にぎこちない沈黙が、俺達の間に降りた。互いに、何かを言いたいのに、それを口にすることができない、というような。

それを破ったのは、一郎さんの方だった。俺とは視線を合わせないようにして、ぽつり、ぽつりと話し出す。

「……諒子がな」

「年甲斐もなくはしゃいでしまってな。正直、居心地が悪い」

「はしゃぐ、ですか？」

「はじめは私と同じで困惑していたんだが、ようやく――と思ったのだろう」

「…………」

そうか、あいつは、この人達の前でもああなのか。

「母と娘で仲睦まじく料理をして……ああいったどこにでもある普通の親子の光景が、諒子の望んでいたものだったのだろう。何も特別なことはない、その辺にありふれているものだというのにな」

それが叶ったからこそ、あのはしゃぎようなのかな、と独りごちるように一郎さんは呟く。

そしてまた、沈黙が流れる。今度は、それを破るのは俺の番なのだろう。

だから、俺は口を開く。この人は、気づいているのだろうか。もし気づいているのなら、それが零子にとってどれほどの意味を持つことなのか、この人は理解できるのだろうかと思いながら。

「あいつは、絵を描くのをやめました」

ぽろり、と一郎さんの手から煙草が落ちた。

その顔に愕然とした表情が広がる。

「……やっぱり、気づいていませんでしたか」

「あの子が、絵を、やめた？」

「ええ」

いや、そんな、まさかと否定するように首を振って、動揺を露わにする。

「たしかに、このところ絵を描いているような気配はあまりなかったが、しかし、あの子がそれをやめるとは……」

「アトリエ、見ましたか？」

俺の言葉に、のろのろと顔を上げた一郎さんは首を横に振った。

「見ておいた方が、いいと思います」

そう言いながら、俺はこの行為にいったい何の意味があるのだろうと自問する。この人達がそれを知ったからといって、その重大さを知ったからといって、何ができるというのだろう。

今更の、話なのだ。この人達は、ずっとあいつと向き合うことを避けてきた。見たくないことからは目を逸らして、見たいものだけを見続けてきた。その結果が、現在なのだ。

今になってそれをどうにかしようとしたところで、とっくに手遅れだ。

ならば、なぜ？

「…………」

きっと、それでもこの人は、零子の親であるからだ。たとえ何も変わらないのだとしても、知っておかなければならないと俺は思うのだ。

或いは、もしかしたら、というわずかな期待もあるのかもしれない。子供である俺とはちがう、大人であり生みの親でもあるこの人達であれば、家族であれば、こんなにまでなってしまっても、どうにかできるのではないかという淡い期待が、俺の中にあるのかもしれない。

そんなものは、どうせ幻想だとわかっているのに。

「…………」

そして、俺は今アトリエの前に立っていた。

木造のそれを見上げて、一度、大きく息を吐く。

扉を開いた。

「……っ」

後ろで、一郎さんの息を呑む気配がした。

アトリエの中は、あの日のまま時が止まってしまったかのようだった。無惨に破壊されたカンバス。引き裂かれた絵。破り捨てられたスケッチブックや、デッサンノート。

否定し尽くされ、この空間はすでに死んでいた。

「こんな」

脱力したように、一郎さんは膝をついた。

「どうすれば、いいんだ？　教えてくれ……栄一郎くん。私は、どうすればいい？　どうすればあの子を」

教えてほしいのは、こちらの方だった。

俺は首を振ってみせる。呆然と固まってしまった一郎さんから目を逸らし、中に上がる。

結局こうなるのだろうという納得があった。来栖の言葉が思い浮かぶ。

『大人になれば何もかもうまくいくんだって思ってた』

そういうことなのだろう。大人であるということは、ただそれだけで全ての答えを知っているというわけではない。大人も子供も、ひとりの限界ある人間であることにちがいはないのだ。

アトリエの中を見て回る。あいつの手による作品は全て完全に壊されていた。

無事なものはひとつも見当たらない。

床のそこかしこに打ち棄てられているそれらの上には、うっすらと埃が積もっていた。

それを見て、本当にあいつがここに足を踏み入れていないことを知る。

けれど、その中に。

たったひとつだけ、無事なカンバスがあることに、気づく。ベッドの脇に、立て掛けられるようにして無造作に置かれた、それ。

裏になっているそれを、手に取って引っくり返してみる。

「あのときの」

俺の、描いた絵だった。このアトリエの真ん中で、ひとつのカンバスに向き合って、絵を描くあいつの姿。夏休み前、この場所で、不意の衝動に突き動かされ夢中になって描き上げたもの。

木炭によって、ほとんど勢いで描かれたその下描き。

もうずっと昔のことのように思える。

この場所からは失われてしまった、かつての日々の象徴。残影。

そのときの光景が、そのときの思いが、蘇る。

そして、それと重なるようにして、心に焼きついたあの夏の日の光景、あの刹那、美術室で目にしたあいつの姿が、浮かぶ。

それが俺の世界の全てなのだと、感じた。

「――――！」

閃き。理解。あのときこの手の中からすり抜けていってしまったもの。

唐突に、それが俺の中を、走り抜けた。

求め。問い。『どうして』。その答え。俺が示すことができる、俺から、あいつへの。

たしかに、理解する。言葉にはできないそれが、ひとつのイメージとなって俺へと投射される。

心の奥底で燻《くすぶ》っていた何かに火が点いたような気がした。

描かなければならないという思いが湧き上がる。

これを描かなければ、一生後悔すると思った。

「……一郎さん。すみませんけど、このアトリエ、しばらく借ります」

答えを待たず、俺はイーゼルを組み立ててそこにカンバスをのせ、画材をその辺から掻き集めて、描きはじめた。

この瞬間、他のことは全てどうでも良くなった。一郎さんの視線も、この部屋の有様も、今の状況も、あいつのことも何もかも。

余計なことはきれいさっぱり頭の中から消え失せて、ただ俺は、閃光のように頭の中で瞬くものを形にするだけの存在となった。

ふと、美術館での来栖との会話を思い出す。

スタールの思い。

描かされるのではなく、描く。

偶然性ではなく、必然性によって生まれるもの。

今の俺は、どちらだろうか。

描かされているのだとしたら、それは、あの刹那。あの一瞬にのみ存在したものが、俺にそれを描かせようとしている。

だから多分、それが全ての、答えなのだ。


日付が変わる頃、喉の渇きを覚えて、一度家に戻った。

その際、ふたりでグラスを傾けていた両親を見つけて、話をした。

――どうしてもやらなければならないことがある。だから、しばらくの間学校を休んで自由にさせてほしい。

説明でも何でもないそんな俺の言葉を聞いて、テーブルを挟んで座る親父とお袋は、しばらくの間押し黙った。

「お前は、今がどういった時期かわかっているんだろうな?」

腕を組み瞑目していた親父は、その瞼を開くと、重苦しい声でそう言ってきた。

「ああ、わかってる。高校三年の、もう秋になる時期にこんなことを言い出すのがどれほど馬鹿げたことで、どれほど勝手なことなのか、よくわかってる。――けど、それでも、俺はやらなければならないんだ」

射竦めるような鋭い眼光。それをこちらに向ける親父から視線を逸らさず、はっきりと俺は言い切った。

「…………」

睨み合いをするかのような時が過ぎる。お袋は困ったような呆れたような顔でそんな俺達を交互に見やっていた。

どれほどの時間が経過したのだろう。

「あの子に、関することなのか」

不意に、親父はそんなことを訊いてきた。

見透かされている。というよりも、俺がこれだけなり振りかまわず、無茶なことを言い出す事柄なんて、そうは多くない。むしろわかり易すぎるといったところか。

我ながら、呆れるような思いだった。

「そうだ」

親父の目を真っ直ぐに見て、俺は答えた。

「ならば、好きにするといい」

言うなり、親父は席を立った。そしてそのまま部屋を出ていこうとする。だが、その前に一度振り返り、親父は、こんな言葉を言い残していった。

「お前は、まだ俺達に生かされている子供でしかない。これだけは、忘れるなよ」

……やれやれ、だった。

まったく、この親父にだけは敵《かな》わない。所詮、俺はまだまだガキでしかないのだと思い知らされる。

「やれやれ、だわ」

まるで俺の胸中を読んだかのように、お袋が同じような言葉を口にした。呆れ笑いを浮かべながら、去っていく親父の背中を見て、俺を見る。

「あんたは、つくづくお父さんそっくりね」

「ふん。気持ち悪いことを言うな」

「ほら、そういうところとか、まさに」

クスクスと笑うお袋から目を逸らし、俺も席を立つ。

「でも、だからこそ心配になっちゃうんだけどね」

リビングから出ていこうとした俺の背に、お袋の沈んだ声が掛かった。振り返らず、足だけを止める。

「親の立場から言わせてもらうと、本当はね、零子ちゃんには関わってほしくないって、思ってるのよ。あの子はちょっと……他人と違うから」

「…………」

「お父さんのお姉さん、あんたにしてみれば伯母にあたる人も、どこかあの子に似た雰囲気を持っていたのよね」

伯母。ヴァイオリニストだった沖澄桐絵《きりえ》は、俺が幼い頃に他界している。よく零子も一緒に遊んでもらっていたが、その頃の記憶はおぼろげであまり詳しくは覚えていない。

自分が、とても懐いていたということは思い出せる。だが実際の伯母がどんな人だったのか、どんな風に過ごしていたのかという記憶は、曖昧なのだ。

ただ、その死に強いショックを受けたことだけは、はっきりと覚えている。

もう、遠い過去のことで、そのときの痛みも苦しみも思い出せないのだけれども。

『沖澄。君はかけがえのない存在を失っても、道を外れることなく生きて、最後には幸せになれる人間だよ』

——どうしてか、来栖の言葉が思い起こされた。まったく、関係がないはずだというのに。

ずきり、と胸の奥で、何かが悲鳴を上げる。

「本業は音楽だったけど、趣味で絵の方も嗜んでいてね」

続けられたお袋の言葉に、意識が引き戻される。

「そういえば、零子ちゃんが絵に興味を持ちはじめたのも桐絵さんの影響だったっけ」

初耳だった。

以前にあの人の絵を見たことがあるが、そのほとんどが風景画で、とてもきれいなのにどこか物悲しい雰囲気を漂わせていたのを覚えている。

いや、それは絵だけではない。あの人の生み出す旋律もまたそうだったように思う。

ふっと思い浮かぶのは、なぜか夕焼けだった。楽しい時間に終わりを告げる、茜色の夕空。きれいなのに、どこか胸が締めつけられるような、切ない音が聞こえた気がした。

「っ」

刹那、また、心臓が痛みを訴える。

かすかに、しかし鋭さを失わない突き刺さるようなそれは、覚えのある痛みだった。

透明感のあるオレンジが、にわかに頭の中に浮かんだ。

――スタール。

「そう、か」

その瞬間、俺の中で何かがガチリと填《はま》る音がした。

スタール。オレンジ。落日。旋律。それを奏でるあの人。もう、いない。痛み。過去にしてしまったあの人。忘れてしまって。痛み。思い出せなくなる。

そして、あの人に、似ているという零子。

「桐絵伯母さんは、どうして亡くなったんだっけ？」

振り向いて、お袋にそう訊ねた。

「……交通事故よ」

顔を逸らして、お袋は答えた。

「赤信号だったのに、それに気づかず横断歩道を渡って……」

――ポロックの絵が、思い出される。

それは事故だったのか、それとも。

「だから、あんたにはあまり零子ちゃんとは関わってほしくなかったんだけど……もう、無理なんでしょうね」

諦めたように笑うお袋。

「ああ。とっくの昔に、手遅れさ」

口許を吊り上げて、不敵に笑って見せた。それを目にして、お袋は「あーあ」と椅子に寄り掛かって、呟く。

「本当、あの人にそっくりだわ」

彼はきっと

「もしもし？」

「……俺だ」

「お？　沖澄かい。今、美馬川から聞いたところなんだけど、今日、休んでるんだって？　放課後は美馬川をモデルにして描くはずだったろう」

「悪いが、できなくなった」

「中止ってこと？　いったい、またどうして」

「他に、やることができた。描かなければならないものが、できたんだよ」

「……そう。なるほどね。結局、最後にはそうなるか」

「…………」

「やっぱり沖澄は、正しいことができる人間なんだろうね。その過程でどれだけまちがえても、最後にはそこに辿り着けるんだろう。正直、君が何をしようとしているかなんて僕にはわからないけど、沖澄の思った通りにやってみるといいよ」

「よろしく頼む。……それから、美馬川にはすまない、悪かったと伝えてくれ」

「……それ、僕の口から言わせるつもりかい？　沖澄だって気づいていただろう、彼女の気持ち」

「本当にすまないと思ってる」

「きっと美馬川は、傷つくよ。泣くだろうね」

「…………」

「はあ。やっぱり君にとっての一番は、あの子なんだね。わかりきっていたことだったけど。――わかったとも。僕は君達生徒の先生だ。こちらは任せておいて、君は君のするべきことをしなさい」

「ありがとう、ございます」

電話の向こうで、誰かの泣き声が聞こえた気がした。けれどそれでも俺は電話を切って、来栖との会話を終わりにした。

ベッドから身体を起こす。

「……はあ」

溜め息。落ち込んでいきそうになる気持ちを、頭を振って切り替える。

昨日は、あのままこのアトリエで寝てしまった。そして朝から先ほどまで食べるものもろくに食べず描き続け、学校にも行かず、気づいたら今、夕方になっていた。

少し埃っぽい布団からは、あいつの匂いはほとんど失われてしまっていた。かすかに、残り香のように鼻先を掠めるだけ。

俺は床に立ち、そのすぐ傍の、ちょうどこのアトリエの全てを見渡せるように設置されたカンバスの前に移動する。

スツールにはコンビニのおにぎりがふたつに、お茶のペットボトル、そして一枚のメモ用紙が置かれていた。一郎さんの字で『好きに使ってくれてかまわない』と書かれている。

そのメモを握りしめながら、本宅がある方向へ、俺は深く頭を下げた。スツールに座って、おにぎりの包みを破る。大口でそれを食べながら、カンバスを眺める。

絵はまったくと言っていいほどできあがっていなかった。筆を走らせては止め、走らせては止め、それでもどうにか形になったように思えてさっきは筆を置いた記憶がある。

だが、まったくなっていなかった。一応、油彩画の体を成してはいる。俺が今まで描いてきたものの中には、一晩で描き上げ、それで完成とした作品もある。

しかし、この絵は別だった。完成には程遠かった。何もかもが足りない。普段の俺が、この世界が気まぐれに見せる一瞬の煌めきをカンバスに写し取るのだとしたら、この絵をそのやり方で描き上げるのは不可能だった。

この一瞬には、全てが詰まっている。

この一瞬は、ここに至るまでの過程の凝縮、その発露である。

ここに表れているのは、あいつの全て、存在そのものなのだ。

――あいつの、あいつと俺の、今までの全て。

一瞬の光景のその下には、無数の積み重ねが、あるはずなのだ。

「足りない。この程度じゃ、まったくもって足りないんだ」

俺とあいつの生きてきた時間が、これほど薄っぺらく浅いはずが、ない。

俺達は、もっとたくさんのものを共有して生きてきたのだ。

いつも同じものを見て、同じことをして、同じ時を過ごしてきたのだ。

堆積した過去は、見上げることができるほどに、高い。

それを押しつぶして、圧縮して、ひとつの形にしなければならない。

だが、この絵全体にさらに重ねるためには、どうしても今描いた絵の具が乾くのを待つ必要があった。あと一日か二日。通気性の良いこのアトリエなら、おそらくそれだけあれば乾くはずだった。

その時間が、とてももどかしかった。


一日が過ぎ、ようやく重ね塗りできる程度には乾いたカンバスを、じっと見つめる。

中央でスツールに座り、カンバスに向かって筆をふるう長い髪の少女。

その少女を取り囲むように散乱するガラクタや道具、作品。

奥にある窓の向こうには青空がのぞいており、アトリエの中に光を投げかけている。

うまく描けているとは思う。だが、圧倒的に情感が、説得力が足りない。

現在のアトリエを見つめる。絵の中と同じ青い空が窓から見える。

同じ時間帯、同じ場所。

しかし、カンバスに描かれる光景と、現在の光景はどこまでも食いちがっていた。

絵の中のこの場所は、生きていて。

今のこの場所は、死んでいる。

壊され、捨てられた過去の作品。部屋の中央で主を失くしぽつんと取り残されているスツール。のせるカンバスもなく、ただ空虚な様を露わにするイーゼル。射し込んでくる日差しもまた、色あせたように見える。

「………」

瞼を閉じて、頭の中にかつて何度も見たその光景を、思い浮かべる。

手を伸ばせば触れることができるほどに、現実を覆い隠すまでに、強く強く想起する。

目の前に見る。

そして、ゆっくりと瞼を開いた。

目の前のカンバスに重ね合わせる。

筆を取る。

描く。

煌めく一瞬に、さらなる一瞬を重ねる。

髪の毛の黒に、流れ落ちるような質感を。日差しに、さらなる柔らかさを、色合いを。

周囲に転がるガラクタ達に、よりはっきりとした存在感を。

そしてあいつの抱えているたくさんのものを、形に。

ひとりでは持ちきれないものを、そのひとりに集約させる。

——そして、やがて、俺は筆を置く。

彼はきっと、まちがっては

乾くのを待つ間、俺はカンバスの前にじっと座って、それを見つめ続ける。
死んだアトリエでひとり、かつてここに満ちていたものを読み取るように、カンバスと向かい合う。

*

そしてまた、俺は筆をとる。

一瞬を、積み上げていく。

一瞬を積み上げ、永遠に近づける。

色を重ねる度に、絵は深みを増し、そこに込められた情報が情感が大地に降る雪の如く、積もっていく。

＊

「ねえ、兄さんはいったい、何をやってるの？」

啓司がアトリエを訪れて、カンバスと向き合う俺に訊ねる。

「せっかく零ちゃんが明るくなったと思ったら、次は兄さんの番？」

「……………」

「この前、駅の近くで零ちゃんと偶然会ったんだけど、びっくりしたよ。最初、零ちゃんだってわからなかったもん」

「……………」

「前からきれいだったけど、もっときれいになったよね。それに友達もたくさんできたみたいだし」

「……………」

「でも気のせいかな、何だかちょっと痩せたような感じがする。……それに、何ていうのか、ちょっと手を伸ばしにくいっていうか、近づきがたいような、そんな感じがするんだよね」

「……………」

「まるで、零ちゃんの描いた絵みたいに」

＊

筆を走らせる。

あのときの空気を、その分子の一つひとつまでをも描き込んでいく。

一瞬を、積み重ねていく。

「栄一郎くん。また少し、あの子は痩せたよ」

絵の具を削れば、その分だけカンバスに堆積した時間が削られ、その下からこの一瞬に至るまでのあいつの時間が現れるように。

「でも、どうしてだろうか。痩せれば痩せるほど、あの子は美しくなっていく」

カンバスに新たな色が重なる度に、自分の中から何かが抜け出て、そこに移っていく。

「しかし、どうしても私は、それが美しいと思えない。ひどく、痛々しく見える。あの子を見ていると、胸を抉られるような痛みを感じるんだよ」

目が、霞《かす》む。筆がぶれそうになって、ぎりぎりのところで堪える。

「……あの子はね、食事を終えると、必ずトイレに向かっていた」

どうしてか熱くなる目頭を強く押さえて、瞬きを何度か繰り返す。視界は元に戻る。再び描きはじめる。

「どうして、こうなってしまったんだろうなあ」

指先が震えていた。大きく息を吸って、吐く。止まる。また、描く。

昨日と今日と明日が混じり合って、カンバスの上にひとつになっていく。

彼はきっと、まちがってはいなかった

いつになったらこの作業は終わりを告げるのだろう。

自分でもまったく見通しが立たなかった。明日にでも終わるような気がするし、一年経っても終わらないような気もする。

「栄くん、この間ね、はじめてあの子と一緒に料理をしたのよ」

「…………」

「どこで覚えたのか、包丁さばきとかすごくうまくてね、味の方もびっくりするぐらいちゃんとしてるのよ」

「…………」

「私ね、ああいうのが夢だったのよね。ああいう風に、ただ普通に親子ができれば、それだけで満足で、他には何もいらなかったのに」

「…………」

「本当に、うれしかったのよ。ああ、ようやく……ってね」

「…………」

「でも、何だか」

「…………」

「何だか、わからなくなっちゃった。何が正しくて、何がまちがっているのか」

「…………」

「おかしいわよね。こんなこと、まだ高校生のあなたに話すなんて」

「…………」

「でも、この年になっても、私達は何にもわかっていないのよ。わかっているつもりになっていただけで、本当に、何も。社会的成熟と人間的成熟っていうのは、全然ちがうものだっていうことすら」

「…………」

「あの子、よく、自分の部屋からここを見下ろしていたのよ。アトリエから漏れる光を、まるで年老いた老人のような、疲れ切った顔で」

「…………」

「人類が絶滅した後の太陽の塔っていうのは、あんな感じなのかしらね」

＊

「沖澄……君はまちがっていないよ。ああ、たしかに、まちがっていなかった」

「…………」

「他にどうすることもできなかった。これが、正しいやり方だったんだろう」

「…………」

「でも、君は結局」

「…………」

「……今更の、話だったね」

「…………」

＊

「……ねえ、兄さん」

「…………」

「ぼくには、何もわからないよ」

「…………」

「どうしてなんだろう？　どうして、こうなってしまったんだろう」

「…………」

「ぼくは、何もわかっていなかったんだ。ぼくだけが、子供だったんだ」

「…………」

「ねえ、答えてよ。答えてよ——兄さん」

「…………」

「どうすれば、良かったんだろう」

「…………」

*

降り、ふり、積もり、消えていく

時間の感覚が曖昧になっていた。

どれだけの間こうして絵を描いているのか、その感覚を失っていた。生まれてからずっと描いているような気がするし、ほんの一分前に描きはじめたような気もする。

今日は明日なのかもしれないし、一週間前なのかもしれない。もしかしたらもう人間なんてとっくに滅びているのかもしれないし、俺は世界でたったひとりの生き残りなのかもしれない。

或いはこれは誰かの見ている夢なのかもしれないし、漫画や映画の中の世界なのかもしれない。本当に俺はここに生きて、在るのだろうか。ある日突然病院のベッドで意識を取り戻すのかもしれない。

何もかもが不確かだった。

そもそも俺はどうしてこの絵を描いているのだったか。

大切な、ことだった気がする。

俺は、ただ、描かなければならないと思ったのだ。俺の中に焼きついたあいつが、俺にこれを描けと訴えてきて。

いったい、それで何が解決するというのだろう。何が変わるというのだろう。

さっぱりわからない。

何の予感もない。何かに向けて手を伸ばしているというわけでもない。

もし言葉に例えるならば、これは義務——或いは使命のようなものだった。

だから、俺は描いている。描かされている。

ぐるぐるぐるぐると回る視界の中、回転する景色の中、その衝動に突き動かされるまま筆を動かして、そして。


気づいたら、手が止まっていた。


「……？」

手を持ち上げようとして、筆がないことに気づく。

目を床にやると、いつ手から離れたのか、そこに転がっていた。拾おうとして、しかし、すぐに俺はその必要がないことを悟った。

カンバスを見る。

「……ああ」

これ以上、そこに何かを描き加える余地がない。必要、なかった。

絵は、完成していた。

完全がそこにあった。

一瞬にして永遠が、目の前にあった。

あいつの全てが、そこにはあったのだ。

それを見て、深い理解が、俺を支配する。

ああ、そうなのだ。たしかに、そうだった。これが答えだった。

これが、俺の、あいつの、俺達の求めたものなのだ。

呆然とする。

魂が抜け出てその辺の空を彷徨っているような心地。

ふらり、と立ち上がる。

背後から、ひやりとする風。振り返る。

ドア。出入り口。

いつの間に、背にしていたのだろう。はじめは見渡せる位置で、描いていたはずなのに。

記憶が、曖昧で、繋がらない。

開け放たれていたそこから、外に出る。

空はとっくに暮れているようだった。闇があたりを包んでいる。今は何時なのだろう、今日は何日だろう、何曜日だろうと考える。まだ九月なのだろうか。

夜空に星を探そうと見上げたところで、ふと視線を感じた。

右手にある上木田家、その二階の窓のひとつ。薄闇の中、そこに、ぼんやりと浮かび上がる人影があった。

零子だった。そこから、あいつがすり切れたような顔でこちらを見下ろしていた。

俺と目が合っても、零子は表情を一切変えず、ただ虚ろな顔のままで佇んでいる。

まるで、陸の上で溺れているかのようだった。疲れ果て、水底に沈んでしまったかのようだった。


「…………」

「…………」

上と下で、ただただ互いを眺め続ける。


時間が止まる。

地球が静止する。

音が消失する。


あまりの静謐さに気が遠くなり、目の前が真っ白になりかけた瞬間、風が頬を撫でていき、覚醒する。

気配を感じて、アトリエの入り口を振り向く。そこに、零子が立っていた。

——飛び降りた？　一瞬で？

何だかそれも、ありそうなことだと思った。

驚くほど痩せ細り、存在感の限りなく希薄な今のこいつなら、羽根のように地面に降り立つこともできるような気がした。

　零子は、俺に背中を見せたまま、アトリエの中に足を踏み入れる。一歩、進んでから、何かを確認するように立ち止まった。その肩が、押しつぶされそうに下がる。

　部屋の中央、イーゼルに立て掛けられたカンバスまでまだ距離があるというのに、何かを恐れるように、ひとり、零子は俯いてそこに立ち竦んでいた。

　俺はよたよたと、おぼつかない足取りでそんな零子を追い越すと、カンバスの前に立ち、振り返る。足を止めたまま、ぼうっと俺の姿を追っていた零子の虚ろな目と、俺の目が、合った。

「ほら……こっちに、来い」

　頼りなく立ち尽くす零子に、手を差し伸べる。

　それを見て、俺を見て、零子の眼《まなこ》が、大きく見開かれた。

「――――」

　空っぽだった瞳の中に、急速に何かが満ちていき、その顔が、くしゃりと歪んだ。俺の手と顔を交互に見やり、眉尻を下げて何かを堪えるように口許を震わせる。

　今にも泣き出しそうなその顔を見て、ふと、思い出すことがあった。

　ずっと昔にも、こんなことが、あったように思う。

　もっとずっと幼い頃にも、こうして、こいつに手を差し伸べたことがあった。

　――あの丘。街を一望できるあの場所。青空の下、あたりには草花が咲き誇っていて。

その中で、この世の終わりを前にしたような暗い顔をして、座り込む幼い少女《れいこ》。

けれど、少女《れいこ》は、俺が笑って手を差し伸べると、呆気に取られたような顔で、それを見上げたのだ。俺の手と顔を見やり、空を見て、草花を見て、また俺を見て、やがて少女《れいこ》は涙を零した。まるで生まれてはじめて美しいものを目にしたかのように、うれしそうに微笑んで、涙を流して――そうして、俺の手を取ったのだ。

『あなたが、あなたがいる世界《そこ》が、あまりにもキレイだったから。私はその手を摑んでいれば、ここではない何処かへ行けると、信じてしまったのです』

どこかで、そんな声が聞こえて。

風が身体の中を通り抜けた気がした。

「……？」

いつの間にか、俺の隣に、零子が立っていた。

時間がぶつ切りにされたかのような違和感。首を傾げて、俺は差し出したままだった手を戻す。

零子は、身動きひとつせずに、カンバスを見下ろしていた。

「あ……」

ひゅっと、その小さく開いた口から、魂が抜け出ていってしまったように見えた。

目を見開き、呆然と、カンバスに描かれたものを見つめている。

「ああ……これが」

そこに描かれているのは、かつてこの場所にあった光景だ。ここに来ればいつでも見ることができた情景だ。いつだってここにあった瞬間だ。

しかし、それをこいつだけは見ることができなかったのだ。

こいつだけは、この情景を、この瞬間を、決して自分自身を見ることができなかった。

いつだって、もがいていた。

『もっとちゃんと生きられますように』

ただそれだけを願って、望んで、求めて、この場所で、このスツールに座り、真っ白なカンバスと向き合って、苦悩し、足掻き続けていた。

でも、こいつは知らなかっただろう。いや、多分、俺だってこれを描き上げるまでは知らなかった。

もがいて、足掻いて、苦しんで、悩んで、血を吐くようにして、何者も寄せつけぬ狂気じみたものを全身から立ち上らせて、絵を描くこいつの姿は。

とても、きれいだったんだ。

力強く、そこには他の何よりも、生が満ちあふれていた。生きている。たしかに、こいつは生きていたのだ。

「そっか……栄くんの目から、私は、こんな風に、見えてたん、だね」

何かを諦めるように、或いは張り詰めていた糸が緩むように、零子は笑った。

透明な笑みだった。あの吐き気のするものではなく、こいつ自身の、こいつの心から零れた笑みだった。

　久しぶりに、それを見た。

「なあ、俺は思うんだよ」

「うん」

「お前はさ、無理に変わる必要なんて、ないんじゃないかって」

「……うん」

「変わろうとして、自分の中のどうにもならないものをどうにかしようと無理をするから、破綻するんじゃないかって」

「…………」

「きっと、これがお前なんだよ。他人とどこまでも食いちがって、理解されなくて、いつもまちがえたことばかりしていて」

「…………」

「それは、もう、そういうものとして受け入れるしかないんだろう。そうやって生きていくしかないんだよ」

「……誰にも理解されないまま、ひとりぼっちで？」

「俺がお前を見てるよ」

　俺は、言った。

　今まで、決して口にしなかったことを。

「俺はお前を理解しない。けど、ずっと傍で見ていてやる。お前は生きてるって——ちゃんと生きてるって、教え続けてやる」

絵を、描き続けて。

こいつが自分では見えないものを、形にし続けて。

「あの、ね。栄くん、やっぱり、ね」

透き通るような仄《ほの》かな笑みを口許に浮かべ、零子は隣に立つ俺へと、手を伸ばしてくる。

俺もまた、先ほどのように、零子へと手を伸ばす。

手が、つながる。

久しぶりのその感触。

それは以前とちがって、少し骨張っていた。

「やっぱり」

零子は言う。

「太陽がないと、人は、生きて、いけなかったよ」

ぎゅうっ——と、握った手に、力が込められた。その力強さを、いつかどこかで感じたことがある気がして、胸が、ぎりりと痛んだ。

あまりの痛さに、死んでしまいそうになる。死んでしまいたくなる。

けれど死ねない。死ぬことは、できないのだ。

「ごめん、ね、栄くん。もう少し、待ってあげられれば、よかったのに、ね」

透き通るような笑み。

透明で、本当に、向こう側が、見えてしまいそうな。

手は、握っているのに。

その感触があるのに。

「栄くんの手を、離してしまった、あのときから、きっと、決まってたんだ、だよ」

やめてくれ。

お願いだから、そんなことを言うのは、やめてくれ。それ以上、言葉を続けないでくれ。

がくがくと膝が震える。手が震える。身体が震える。

「ほら……そと、見て。そろそろ、夜明けの、時間だよ」

指を差されて、窓の外に顔を向ける。零子の言う通り、闇が陽の光によって、払われようとしていた。

震えが止まらない身体で、向き直る。

「だから、ね、栄くん、の、夜も、明ける頃合い、だよ」

ただ震えていることしかできない俺に、空いている方の手を伸ばす零子。

そっと、撫でるように頬に触れてくる。

驚くほど、その手は冷たかった。

身体が震える。熱い何かが、眦《まなじり》から零れ落ち、頬を伝って、零子の手をすり抜けて、床に落ちていく。

「本当に、ごめん、ね」

震えが止まらない。どうしてこんなに震えているのだろう。まるで——まるで、寒くて、震えているかのようだった。そんなはずはないのに、まだ九月のはずなのに。

なのに、どうしてだろう。どうして、吐く息が白いのだろう。

どうして、零子の口からは、それが出ていないのだろう。

「寒……い」

突き刺すような冷たさを感じて、声もまた、震えてしまう。

「大丈夫、もう、夜は、終わるから」

窓から、橙色の光が、差し込んでくる。世界の闇を払っていく。アトリエの中に、陽光の、生の温かさが満ちていく。

その光に照らされて、零子の姿が、溶けるように、消えていく。

「……おいおい、何だよそりゃ。いったい、これは何の冗談なんだ」

茶化すように、軽口を叩く。そうすれば、全てが笑い話になってくれるのではと、期待して。

そんなはずはないのに。

そんなこと、ありえるはずがないのに！

「ねえ、栄、くん」

消えゆく中、零子は笑う。これまでに見たどの笑顔よりも、華やかで、きれいに、うれしそうに、生に満ちた顔で。

「私は、あなたが、好きでした。嫌いになるぐらい、大好きでした」

そして、それまでになく強い光がアトリエの中に差し込み、そのまばゆさに思わず目が眩んで、ほんの一瞬、目を閉じて、それで、もう一度開いたときには。

零子の姿は、きれいさっぱり、なくなっていた。

そこには、まるで最初からそうであったような、無人のアトリエが、広がっているだけだった。

橙色の朝日に照らされて、主のいないスツールと、カンバスがひとつ。

かつてこの場所にありふれていた、しかし失われ、もう二度と目にすることができない情景の、絵がひとつ、あるだけだった
——この瞬間、たしかに俺の中で、決定的な何かが終わりを告げたのだ

朝日の眩しさに目を細めて、よろめくようにして外に出る。

白い景色。

寒い。

冷たい。

冬。

あたり一面には、雪が降り積もっていた。それだけの時間が、いつの間にか世界に堆積

していたのだ。

ぼんやりと霞がかっていた意識が、急速にはっきりしていく。

崩された記憶のピースが次々と正しく配置され、過去と現在が連続したものとして組み上がっていく。

目の前に建つ上木田家には、人気《ひとけ》がなかった。

――誰も、いるはずがなかったのだ。

俺は呆然と、その家を見上げる。

当たり前のことだった。すでにあの人達は遠方に引っ越して、新しい生活を始めているのだろう。いや、あの人達だけでなく、他の誰もが新たな時間を生きているにちがいないのだ。

止まっていたのは、俺だけだったのだから。

「……う、あ」

足元が覚束ない。目眩がする。ふらついた足が、何かを蹴飛ばす。

真っ白な雪の上を転がる何か。

茶色の、植木鉢。

「――は」

喉が、引き攣った。全身から力が抜けて、膝をつく。

目を見開いて、それを見下ろす。

三ヶ月。

記憶が正しく再構築され、理解が脳に達する。

「——あ、あ」

夏が終わり、秋が過ぎて、冬になり。

なのに、春に開くはずの花が一輪、そこには咲いていた。

小さく、青く、儚《はかな》げなその花は。

——勿忘草。

私を、忘れないで。

真実の、愛情。

「う、っあ——！」

シャツの胸元を握りしめて、うずくまる。額を地面にこすりつけて、声にならない叫びを上げて、耐えがたい痛みに耐えようとする。

心臓が張り裂けて、血があふれ出そうなほどに、死んでしまいそうなほどに、この胸が痛いのに。

それでも俺はここに生きていて。

あいつはここにいないのだ。

なぜならば、あいつ——上木田雫子は、三ヶ月も前に死んでしまったのだから。

俺がアトリエにこもりはじめてから、しばらくして。

零子は学校の階段から落ちて、頭を打って死んだ、らしい。その頃のあいつは、水を飲んでも吐いてしまうようになっていて、足下も覚束ない有様だったそうだ。

それでも、誰が止めても休もうとせず学校に通い、結局、そうなってしまった。

自ら——という話も、あったようだった。しかし、それにしては状況があまりに無作為で、やはり事故だったのだろうという形で落ち着いた、らしい。

実際、そうだったのだろうと思う。

自殺するほどの気力が、あの状態の零子にあったはずがないのだ。

——俺は。

アトリエにこもっていた俺はそのことを知らされて、少しの間、現実を見失っていたようだった。おかしくなっていたのだ。或いは、そうならないために、あの絵を完成させることが必要だったのかもしれない。

その間の記憶は曖昧だ。忘れてはいけない、とても大切なことがあったような気もするが、それも定かではない。通夜にも葬式にも出ず、現実感を失った状態で、ひたすら絵を描いていたのだから、無理もないのかもしれない。

よく、強制的にでもやめさせられなかったと思う。もしそうされていたら、本当にどうにかなっていたかもしれないから幸いだったが、多分、あの親父あたりが、好きにさせておけとでも言ったのだろう。何となく、そう思う。

後から聞いた話だが、本宅の零子の部屋からは、一点の油彩画が見つかったらしい。上木田家の人達が俺に渡してくれと置いていったそれを、あいつが死んで三ヶ月も経ってから、俺は確認することになった。

あいつの最後の、絵。

死ぬ何日か前に描いたと思しき、上木田零子という人間の唯一現存する作品。添えられていた妙に古びたメモには、タイトルらしきものが走り書きされていた。

『ここではない何処かへ《サムウェア・ノットヒア》』

黒い背景の中、美しい腕が何かに向かって差し伸べられている絵だ。そこに込められた救いを真っ向から否定するように、その手の甲には、釘が突き刺さっている。

結局、最後の最後まで、絵はあいつを救わなかった。裏切り続けた。

俺の絵だって、その例外ではなかった。あの絵が救ったのは、結局俺だけだったのだ。

俺は、何をやっていたのだろう。

俺には、もっと、他にすべきことがあったのではないか。

そう思うこともあるが、ではどうしたら良かったのかと問われても、やはり俺はその答えを持っていないのだ。

だから、俺は絵を描き続けた。そうすれば、何かがわかるかもしれないと思ったのだ。

あいつがそれに何かを求めていたように、俺もまた、何かを求めて、ひたすら絵を描き続けた。

けれどいつまで経っても、答えは見つからぬままなのだ。

「それじゃあ、先生、僕はこれで失礼しますよ。今度、時間に余裕ができたら飲みましょう」

藤堂はそう言うと、軽く会釈をして、帰っていった。俺はそれを見送ってから、もう一度テーブルの上の絵に目を落とす。

——ここではない何処かへ。

あいつは辿り着くことはできなかった。

「沖澄先生」

後ろから掛かった声に振り返ると、スタッフのひとりに連れられた、見覚えのある中年男と女の姿が目に入った。

「おうおう、誰かと思えば教え子に手を出したどこぞの淫行教師じゃねえか」

ニヤリと口許を歪めて言った俺に、その中年男はやれやれというように苦笑した。

「相変わらずだねえ、沖澄。僕は喜んでいいのか悪いのか迷ってしまうよ」

「さてな。俺は、どこまで行っても、相変わらずだよ。変わらねえし、変われねえよ」

俺の言葉を聞いて、中年——来栖の目にほんのわずか、哀切の色が過ぎる。そんな来栖から隣に視線を移し、軽く手を上げる。

「よう、美馬川。久しぶりだな」

「久しぶり、沖澄くん。結婚式以来になるかな？」

白いワンピースに黒のカーディガンという落ち着いた格好をした美馬川――現在では来栖という名字になった女は、首を傾げて、はにかむように笑った。

「そうなるか。来栖とはその後も何度か飲んでるが、お前とはあれ以来会ってなかったからな」

「昔から思ってたけど、本当にふたりって仲がいいよね。ちょっと妬けちゃうな」

「ん？　そりゃいったい、どっちにだ」

俺がニヤニヤして問いかけると、美馬川は呆れたような顔で「そういう意地悪なところ、変わらないよね」と答える。

「……というか、何だか昔よりレベルアップしているように思えるよ」

俺達のやりとりを見て、来栖が呆れ顔になる。

大した余裕だった。多分、この程度ではビクつくことのない関係を築けているのだろう。

まあ、いいことなのだろうと、思う。

「それじゃあ、僕らはそろそろ行くよ。身体に気をつけて」

「ああ。そっちこそ気をつけろよ」

「じゃあね、良かったら、たまには家にも遊びにきてよ」

「来栖がいないときにならいつでも行ってやる」

来栖と美馬川はおかしそうに笑い合うと、そのまま去っていった。その背中を見送って、俺はやれやれと溜め息を吐く。今のあの男の姿を、俺が高校生だったときのあいつに見せてやりたいものだ。どんな反応をするか非常に興味深い。

何となくだが、来栖はあの笑みを浮かべるのだと思う。何かを諦めたような、しかしどこかほっとしたような、そんな笑みを。

「先生、あの、こちらの作品はどうしますか？」

掛けられた声に、顔を前に戻す。長机を挟んだ向かい側で、スタッフのひとりがあいつの絵を手で示していた。まだ年若いその青年は、魅入られたかのようにそれを見下ろしている。

「あの、これって」

「ああ、悪いな。それは俺の私物だ。自分で持って帰るからそのままに――って、ここに置いていたら邪魔か」

見れば、もう会場の大半は片付けを終えているようだった。まだ絵に目をとらわれているスタッフの姿に苦笑して、俺はその絵を持ち上げて見せてやる。

「先生の作品では、ありませんよね」

「ああ。俺と仲が良かった、もう死んじまったやつが残した絵だよ」

そう説明してやると、スタッフの顔にあからさまにしまったという表情が浮かぶ。

「あ、あの、すみません。いや、そんなつもりじゃ。これが、すごい絵だったから――あ！

いえ、だから先生の絵がどうこうっていうわけじゃなくてですね！　僕は沖澄先生の絵は大好きなんですよ！　いえ、本当に！　ですからね」

どうも、この青年は素直すぎる性格の人間らしい。あたふたと言い訳じみたことを口にする姿に、苦笑が強まる。たぶんこいつは上司にかわいがられるタイプの人間だろうなと何となく思う。

「気にすんな。俺だって素直にこいつの絵はすげえって思うんだからよ」

俺は手にした絵を目の前に掲げて、改めて見やる。

あいつはきっとそんなことを喜ばないだろうが、もう少しあいつの絵が残っていても良かった気がする。作者であるあいつ自身が否定しても、その絵はもしかしたらどこかの誰かの、少しばかりの慰めにはなったのかもしれないから。

それは、あいつにとっては何の救いにもならないのだろうけど。

「え、あれ？」

間の抜けた声が聞こえた。視線を向ければ、青年は俺の持つ絵の裏側を見て、信じられないという顔をしていた。

「すごい。こんな、どうして」

震えた声で呟く青年に、俺は絵を手渡してやった。受け取った彼は、食い入るように手元の絵を見つめる。

「あの、こちらは、先生の描いたものですよね？」

「ああ。大分、昔にな」

「どうして、こんな形で」

「これはそういう絵なんだよ。それでいいんだ」

青年はそれでも何かを言おうとしていたが、俺の目を見ると、ハッとしたように口を噤んだ。

「……すみません、何か、さっきから余計なことばかり」

「気にすんな。お前は何もまちがったことはしてねえよ」

「……はい」

消沈して俯いてしまった青年に、何か声を掛けようと口を開いたときだった。

青年が何かに気づいたように顔を上げて、俺の背後を見る。そして、瞠目した。口を半開きにして手に持った絵と俺の後ろを交互に見やる。

疑問に思って、俺も背後を振り返る。

そして、硬直した。

頭が真っ白になった。

「――――」

そこに立っていたのは、セーラー服を着た、十四、五歳ほどであろう美しい少女だった。

腰まで伸ばされた黒くつややかな髪は、少女の透けるような白い肌と相まって、一瞬息が詰まるほど鮮やかなコントラストを生み出している。

その少女の顔には、見覚えがあった。いや、忘れるわけがない。心に焼きついてしまっている。

「零子……？」

だが、そうであるはずがない。

その少女は、屈託のない笑みを浮かべているのだ。年相応の、或いはそれよりも幼さを感じさせる無邪気な笑顔。

そんな子供らしい笑みを、あいつが浮かべたことは、終《つい》ぞなかった。

「栄一郎くん……久しぶりだね」

そう声を掛けられて、ようやく俺は正気に返った。そしてそのときになってはじめて、少女を挟んで、中年というよりは老年に近い夫婦が立っていることに気づく。

「一郎さんに、諒子さん……ですか？」

ふたりとも、髪には白い物が混じりはじめていて、顔にもその年月を感じさせる皺が幾筋も刻まれていた。

あの頃と比べて、一郎さんの肩幅は小さくなってしまっていて、諒子さんも、少し痩せたような気がする。

「十……五年ぶりぐらいかしらね。栄くんも、もうすっかり大人ね」

上から下から俺を眺めて、諒子さんは穏やかな笑みを口許に浮かべる。

「……そうですね。もう、十五年ですか」

或いは、まだ、たったの。

天を仰いで、とても長かったような、あっという間に過ぎてしまったようなこの十五年間を振り返る。

十五年。それだけ経っても、やはり俺は何でもないような顔をして生きている。あの頃、来栖が言っていたように、別段、不幸せを感じることもなく生きている。ちゃんと、生きている。

心臓が、握りつぶされる苦しさを、感じた。

「……それで、この子は？」

視線を戻して、一郎さんと諒子さんに挟まれた少女を見る。初対面である俺に、にこにこ無防備な笑顔を見せる、零子と同じ顔をした少女。

俺と目が合うと、少女は一層うれしそうに笑い、勢いよく頭を下げた。

「あの、はじめまして！　わたし上木田歩実《あゆみ》っていいます。わたしも部活で絵を描いていて、だから、パパとママがこんなにすごい人と知り合いだって聞かされて、すっごくびっくりしました！」

ああ——そうか。

「十五年、ですか」

「ああ。十五年、だよ」

俺の言葉に、一郎さんは陰のある笑みを浮かべて頷いた。しばらく、何とも言えない沈黙が俺達の間に流れ、それを少女――歩実は不思議そうに見上げていた。

「あの、この絵、どうしましょうか？」

それを破ったのは、事の成り行きを見守っていたらしい、先ほどのスタッフだった。おそらく、自分の手の中にある絵が、この場にいる俺達にとって特別な意味を持つものであると気づいたのだろう。困ったような顔で立ち尽くしている。

「ああ、悪いな、放ったらかしにして」

苦笑して手を伸ばすと、おずおずといった様子で絵を差し出してくる。

それを受け取った俺は風呂敷で簡単に包み、一郎さん達に「少し、どこかで落ち着いて話しましょうか」と声を掛けた。

「そう、だな」

諒子さんと顔を見合わせて、ゆっくりと、一郎さんは頷いた。


すっかり暗くなった道を歩いて、近くのファミレスに入る。空席が六人掛けのボックス席しかなかったため、そこに俺と彼らで向かい合って座った。注文し、飲み物を待つ間、まずは俺の方の近況を簡単に話して、その後に一郎さんからこの十五年のことを聞いた。

元の仕事を辞めて地方の田舎に引っ越すと、そこで夫婦ふたりひっそりと静かに暮らしていたこと。一年ぐらいして諒子さんが身ごもったこと。それから五年ぐらい経って新しい会社の都合で一郎さんの転勤が決まり、都内に引っ越してきたこと。

「ということは、今はこのあたりに住んでいるんですか？」

「ああ。ここから二駅ほど行ったところだよ」

一郎さんが聞き覚えのある地名を口にしたところで、注文していた飲み物が届く。

俺と一郎さん、諒子さんの前には湯気を立てるコーヒーが、歩実の前にはどぎつい緑色をしたメロンクリームソーダが置かれる。

歩実はアイスが浮かぶそれを見ると、目を輝かせて、スプーンでつつきはじめた。

「君には長いこと何の連絡もせずに、すまなかったと思う」

申し訳なさそうに、一郎さんは頭を下げる。俺はそれを慌てて押しとどめた。

「やめてくださいよ、そんな。あの頃の俺はまともに他人の話を聞ける状態じゃなかったんですから」

あの時期の俺は、自分で考えていた以上に、おかしくなっていた。

現実感の欠如。記憶の混乱。あの絵を描き終えた後も、その記憶障害はしばらく続いていた。一見正気に戻っていたように思えて、その実、もっとも衝撃を受けたときの記憶が抜け落ちたままだったのだ。

それを完全に思い出したのは、もっとずっと後のことだった。

しばらく、気まずい沈黙が降りる。それを誤魔化すようにカップに口をつけ、中身を啜《すす》る。ブラックのそれは、いつも以上に苦く感じた。

「記憶は……物に宿るから」

それまで黙っていた諒子さんが、口を開いた。

「あの場所には、どうしてもあの子の記憶が染みついていたし、それ以上に栄くんにも……。だから、ずっと、連絡できなかったの。あなたが完全に立ち直ったという話を聞いても、近づくことができなかった」

窓の外の、ひっきりなしに行き交う車のテールランプを眺め、呟く。つられて、俺もそれを見た。夜だというのに、このあたりはちっとも光を失わない。人工の光は絶え間なく夜空を照らし続けている。

「でも、こうして俺に会いにきてくれたということは」

「ええ。そろそろ……いい加減にちゃんとしないと、と思って」

時間に、あの頃の全てが押し流されてしまう前に。

小さな声で、諒子さんはそう続けた。

「実は、栄一郎くんが画家として活躍していることは、以前から人づてに聞いて知っていたんだ」

「……それって、もしかして」

「え、ああ、まあ、多分、君の思っている通りだろう」

気まずそうに視線を逸らす一郎さん。

思い浮かぶのは、厳めしい面をした老年に差し掛かろうとする男の顔。連絡を断ち消息不明になった相手を捜しだして、わざわざ俺の近況報告をするような無駄に強靭なバイタリティを持った人間。

そんなのは、俺の知る限りたったひとりしかいない。

あのお節介親父め。いつまで子供の世話を焼くつもりなのか。

小さく溜め息を吐く。

「だったら、そうですね。ちょうど良かったです。ずっと、この絵をおふたりに受け取ってもらいたいと思っていたんですよ」

ここまで小脇に抱えてきた包みを、差し出す。先ほどの会場で目に入っていたのか、それとも予感があったのか、ふたりは驚いた様子もなく、重苦しい表情でそれを受け取った。

その隣では歩実が興味津々といった顔をしている。

「どうぞ、開けてみてください」

促され、風呂敷包みを開いていく。その中から現れたのは、剥き出しのカンバス。

『ここではない何処かへ《サムウェア・ノットヒア》』

本物の釘が刺さったこの絵は、決して額縁におさまることはない。

ふたりから、うめくような声が上がった。

一郎さんは、ワイシャツの胸のあたりを握りしめ、唇を噛んだ諒子さんは、何かを飲み下すようにごくりと喉を鳴らす。

歩実は笑みを消して、悲しそうな目でその絵をのぞき込んでいた。

「これが、わたしのお姉ちゃんの描いた絵なの？」

　その言葉に、ふたりはハッと息を呑んで自分達の娘を見た。

「歩実、お前、零子が絵を描いていたことを知っていたのか……？」

「うん。パパもママも、わたしが学校で美術部に入ったって聞いたとき、すっごく困った顔をしてたし。それに、お正月とかお盆とか……親戚の叔父さん達が陰でいろいろ話してるの、聞いたことあるもん。ひどいこと、言ってた」

　眉をハの字にして、困ったように笑って、歩実は一郎さん達を見上げている。

「お姉ちゃんの写真だってほとんど残ってないし、わたしの前でお姉ちゃんの話をしたことだってなかったし……。何か、あったんだろうなって、ずっと思ってた」

「歩実……」

「パパ達を困らせたくなかったから、何も訊かなかったけど、本当はね、ずっと訊きたかったの。わたしのお姉ちゃんは、どんな人だったんだろうって」

　そう言って、泣きそうな顔で、絵に目を落とす。

「お姉ちゃん……こんなに、辛かったの？　苦しかったの？　だから、死んじゃったの？」

「っ――」

　諒子さんは口に手を当てて、娘から顔を背けた。込み上げてくるものを堪えようとして、顔を真っ赤にして、しかし堪えきれず、しゃくり上げる。

　一郎さんも強く拳を握り、あふれ出てしまいそうになるものを必死に堪えていた。

おそらく、この十五年間に延々と降り積もっていったものを。

「お姉ちゃんは、どんな人だったんですか？」

歩実は、今度は俺に向かって、そう言った。震える口許をきゅっと真一文字に引き締めて、まるであいつのような透き通った目で、俺を見上げている。

ああ――と思う。

これは多分、あいつが斯《か》くありたかった、理想の姿だ。

きっと、あいつはこんな女の子になりたかったのだろう。そのために、あそこまで必死になったのだろう。

だがそれでも。

――俺が好きになったのは、あのままの、あいつだったのだ。

あいつが否定しようとしていた、あいつ自身のことが、大好きだったのだ。

「その絵、引っくり返してみろよ」

だから俺はそう、答えた。

俺が好きだったあいつがどんな人間だったのか。その問いの答えは全て、いつまでも色あせることなく、そこに在る。

「…………」

歩実は俺の言葉に素直に従い、絵を裏返す。

「わ、あ――！」

驚きの声を歩実は上げる。沈んでいたその顔に、ぱあっと輝きが満ちていく。

歩実の見ている絵。

それは、あいつからは決して見えず、俺からしか見えなかった、あいつの世界の裏側。

あの永い夜が明けるまでの三ヶ月間に俺が描いた、あいつの人生の全て。

アトリエでカンバスに向き合う零子の絵だった。

──俺とあいつの全てだった。

「すごい！　すごいすごいすごい！　これ、沖澄さんが描いた絵ですよね！」

「ああ。俺が、今のお前よりもう少し年上だったときにな」

「こんなに、きれいな……！　これが、わたしのお姉ちゃんなんですか？」

「とびっきり、美人だろ？　きれいだったんだよ、あいつは」

歩実は興奮したように頬を赤くして、喜びの声を上げ続ける。

その隣で、一郎さんと諒子さんは呆然と、その絵を見下ろしていた。口を半開きにして、のろのろとした動作で顔を上げ、俺に目を向ける。

「栄一郎くん……これは、まさか、あのとき、君が描いていた？」

「ええ、そうですよ」

俺は、笑って頷いた。

「全然、間に合いませんでしたけど……本当に、これっぽっちも間に合いませんでしたけど。三ヶ月も経ったあの年の冬に、ようやく描き終えることができました」

そして、それからしばらくして、大学を卒業する際に、無理矢理零子の絵とひとつにした。幸い、釘は木枠を支える十字の中桟――補強材で止まっていたので、後ろに飛び出すということはなかった。

強引ではあったものの、ふたつの絵は、ひとつのカンバスに、おさまってくれたのだ。

全ては手遅れで、あいつにとっては何の救いにもならなかったけれども。

それでも、全てを思い出した俺は、そうせずにはいられなかったのだ。やはりこれは、そうあるべきだと、思ったから。

のろのろと、ふたりはまた絵に目を戻す。

「そうか。これが……零子だったんだな」

「ええ」

「零ちゃんは……いつもこんな風に絵を描いてたのね」

「ええ」

「栄くんは、いつもこんな零ちゃんを、一番近くで、見つめていたのね」

「……ええ」

「そうか……そうか、そうか。これがあの子の絵の裏側なのか」

「はい」

「そう、か……」

ぽたぽたと、ふたりは涙を零しはじめた。十五年もの長い時間、それを堰《せ》き止めていた何かを失い、ふたりはとめどなく涙を流し続けた。

「ありがとう、栄一郎くん……。ありがとう、あの子の傍にいてくれて、これを描いてくれて、ありがとう」

「零ちゃん……零ちゃん……ごめんね、ごめんね、でも、ありがとう」

ふたりは、身体に淀んでいたものを全て流しきるように、泣き続けた。

多分それは、固まってしまったままだった、あの頃の時間なのだろう。

今このときになってようやく、あの頃は現在に押し流されて、過去になったのだ。


「『THERE YOU ARE《ゼアー・ユー・アー》』——それが、その絵の名前です」

しばらく経って。

落ち着きを取り戻した一郎さんが、ふと思いついたように、この絵に名前はあるのかと訊ねてきたので、俺はそう答えた。

「『あなたがいるそこ』。『そこに、あなたがいる』。『やっと見つけた』。そんな意味を持つ言葉です」

それを聞いて、彼らはまた絵に目を落とす。

「あいつは、ここではないどこかへ行くことはできなかったけれど、どこにも行けなかったけれど」

俺は言う。

「それでも、いつだって、そこにいたんです」

心臓が、ずきりと痛んだ、気がした。治ったはずのいつかの傷が開いて、いつかのように痛みを発しているような、気がした。

「俺はここにいて、あいつはそこにいて、どうやっても同じ場所に立つことはできませんでしたが、それでも手を伸ばせばすぐに触れられるところに、あいつはいたんです」

胸元を、摑む。シャツを軽く握りしめる。

「きっと、本当はそれだけで良かったんです。あいつがどうしても自分を認められないなら、俺がそうしてやれば良かったんだ。いつも、ずっと、あいつの傍にいて、お前はそのままでもいいんだよって、教え続けてやれば良かったんです」

或いは、それでもあいつが自分を認められないのなら、確かなものを与えてやれば良かったのだ。俺はここにいてお前はそこにいるのだと、あいつの存在に触れて、痛みとともに確かな実感を刻みつけてやれば良かった。

——俺は、やはり、まちがえたのだ。

仮にあれが正しい選択だったのだとしても、あいつのために、俺はまちがえてやるべきだったのだ。

「その絵を描き上げて、あいつのありのままの姿をようやく見つけることができて、俺はやっと答えを見つけたと思いました。けれど」

一度、そこで口を閉じる。

「俺は、間に合わなかったんです」

そう、はっきりと、俺は言った。

「まったく、ちっとも、間に合ってくれなかったんです。その絵が救ったのは、後にのこされた人間だけで、一番届けたかった相手には、きっと届かなかったんです。俺は、何も変えることができなかった」

そこまで話したところで、ふと我に返って、口をつぐむ。

見れば、一郎さんも諒子さんも、沈んだように俯いてしまっていた。歩実も悲しげに眉をひそめている。

「……すみません、最後にこんな話を。もう、昔のことだと割り切っていたはずなんですが」

まるで昔に戻ってしまったかのようだった。藤堂を前にすれば当たり前に大人のように振る舞えるというのに、今この人達を前にしていると、未熟な子供だった頃のようになってしまう。

むしろ、この三人を前にしているからこそなのかもしれない。

まるであの頃の再現のようで、過去になったはずのものが、蘇ってくるようだった。

しばらくの間、沈黙が続いて。

「それは、ちがう」

ぽつりと一郎さんが呟いた。自然と落ちていた視線を、上げる。

てくれただろう」


「君が、何もできなかったなんてこと、あるはずがない。君は、最後まであの子の傍にい
　予想外の、真っ直ぐな眼差しが、俺に向けられていた。

　強い力を宿した目で、一郎さんは俺を見ていた。

「君は、こんなにもあの子のことを思っていてくれたじゃないか」

　そう言って一郎さんが示すのは、俺が描いた、あいつの絵。

　やはり、わかってしまうのだろう。そこに、何が込められていたかなんて。

「記憶は……思いは物に宿る、ということなんでしょうね」

　俺の言葉に、諒子さんが視線を伏せて、小さく微笑むのが見えた。

「むしろ、責められるべきは、私達の方だ。本当なら私達があの子のすべてを受け止めて、認めて、寄り添ってあげるべきだったというのに、それを、君に押し付けてしまった。何もできなかったのは……いや、何もしなかったのは、私達の方だった」

　穏やかな声で言う一郎さんに、俺は咄嗟に言葉を返すことができなかった。

　そんな俺を見て、一郎さんは、続ける。

「あの子の最期の顔を、君は覚えていないのか？」

　瞬間、まず蘇るのは、この手の感触。

　強く握りしめられた、手の温かさと、痛み。

　あいつの顔だって、覚えている。

忘れるはずがない。

「あの子は、笑っていたんだ。それが、まちがいであるはずが、ない」

「……そう、なんでしょうか」

見ようによって、そう見える――その程度の、わずかな表情の変化でしかなかった。

俺は、どうしてもそれを笑顔だとは思えなかった。

あんな最期を迎えて、笑えるはずがないと、思ったのだ。

「ああ、あの子の親であるこの私が保証する」

なのに、一郎さんは、そうはっきりと断言する。

「……まあ、私がそれを言っても、まったく説得力がないかもしれないが」

ふっと口許に苦い笑みを浮かばせる一郎さんに、俺も、苦笑した。

知らず入っていた肩の力が、すっと抜ける。

不思議なものだ。あの頃、絵を描かなくなった零子を知って、大人であったはずのこの人は大きく取り乱し、子供だった俺に答えを求めた。つい先程までだって、そうだった。

十五年が経って、それでもなお心の一部は過去に囚われたままで、その想いは行き先を失って、凝り固まってしまっていた。

だが今はその立場が逆転し、俺の方がこの人に教えられている。

あれから十五年が経ち、半人前だった子供は一端の大人になって、あの頃を過去にして、何でもないような顔をして生きていたはずだったのに。

あの頃、来栖や諒子さんが口にしていたことを、そして俺自身が思ったことを、実感する。

大人になったからといって、ただそれだけで全ての答えがわかるようになるわけではないのだ。

「あいつの父親であるあなたがそう言うのなら、そうなのかもしれませんね」

だから、素直な気持ちで、俺はそう口にした。

俺が過去へひとつの答えを示したように、今俺もまた、目の前にひとつの答えを示されたのだ。

それは事実ではないのかもしれないが、今を生きる俺達に、それを知る術はない。

かつてあったものは、この世界から永遠に失われて。

二度と取り戻せないのだから。

ならば俺達は、自分なりの答えを見つけて、納得させて、これからを生きていくしかないのだ。

過去を変えることはできないが、それをどう捉えるかは自分次第で、起きてしまった事実に意味を与えることができるのは、生きている者だけの特権なのだから。

「あいつが最後に笑うことができたのなら……俺は、あいつのために何かをできたのかもしれませんね」

だから、そう言って、俺は笑った。

そうだったらいいのにな、と思って。

――ようやく、肩の荷が、軽くなったような気がした。

そうして、また少し、あいつの記憶が過去になったのだった。

去り際、歩実が「絶対に沖澄さんの大学に行って、絵を教えてもらいますから、それまで待っていてください！」と言ってきた。

俺は、そんなもん、今週末にでも教えてやるから大学に遊びに来いと、連絡先とキャンパス内の地図を描いて渡してやる。

狂喜乱舞しながら、歩実は、晴れ晴れとした顔の一郎さんと諒子さんに連れられて、帰っていった。

彼は今を生きている

その日遅くになってから大学の研究室に立ち寄ると、アトリエの明かりがまだ点いているのに気づいた。

「ったく、こんな時間まで残ってるガキはどこのどいつだ」

悪態を吐いてアトリエに向かう。

卒業制作などで遅くなる場合、基本的には大学側に事前申請していれば問題はない。だが、こういう大学に来るガキどもは大抵そういう規則には疎いか、知っていても無視を決め込もうとするやつがほとんどだ。そのため毎日のように事務局から苦情が来るのだ。

別にやつらが遅くまで残っていようが、それで問題が起きようが俺にとってはどうでもいいのだが、最終的にその皺寄せは、大学のヒエラルキーで言えばまだ下っ端である俺のところに来ることになる。面倒事は断じてご免だった。

「おら、事前申請してないガキどもはさっさと家に帰りやがれ！」

アトリエのドアを開け放ち、そう怒鳴った俺が見たのは、ひとり黙々とカンバスに向かう女の姿。あまり見た覚えのない学生だった。

「…………」

無表情、というよりは冷たさを帯びた顔つきをしていた。他人を拒絶する尖ったような気配を全身にまとっていて、まるで針鼠《はりねずみ》。黒のジーンズに白いTシャツという格好で、そのところどころに絵の具がこびりついている。

似ている、と思った。

顔とか、雰囲気とか、そういうものではなく。

その本質が。

だから、たまらなくなった。どうしようもなくなった。そんな姿を見せられて、放っておけるはずがなかった。

結局——俺はいつも、そうせずにはいられないのだ。その結末がわかりきっていても、それが正しいだけで誰も救わないということを知っていても、手を伸ばさずにはいられないのだ。

そしてどんな傷だって、大切な傷だって過去のものにして、何食わぬ顔をして生きていくのだ。

「絵は、決してお前を、救いやしない」

だから、俺はその言葉を口にする。間に合わなかった何かを間に合わせるために。

愕然とした顔で、こちらを振り向いたそいつを見て、ああ、きれいだなと、いつかのように俺は思った。

——そして、あの日々は、またさらに過去になった。

ゼアー・ユーアー

『いつも、夢に見る情景があります。

肌に感じる、夏の生ぬるい風。流れてくる青臭い草の臭い。高い空の上で不気味に鳴く鳥の声。

街を一望できる小高い丘の頂で、膝を抱えて座りこむ幼い私と——その目の前に立ってこちらに背中を向ける幼いあなた。

あなたは眼下に広がる風景を見下ろしていて、私からはあなたがどのような表情をしているのかわからなくて。どうせいつものもの、むっつりとした不機嫌な顔をしているのだろうと私は決めつけて、自分の膝に視線を落とします。

この街に引っ越してきて、両親に仲良くするよう言われたあなた。でもあなたはいつもぶっきらぼうで、何を考えているかわからなくて、本当は、私は嫌いだったのです。

一緒にいることが、苦痛でした。

私にとって誰もがそうであるように、あなたもそのひとりだったのです。

あなただって、互いの親に言われたからしぶしぶそうしているにちがいないのに、どうして私をこんなところに連れてきたのでしょう。

私達の他に誰もいないその場所で、私はいつものように、どこでもそうであるように、ひとりでした。

どうして自分がこんなところにいるのかわからなくて、理解できなくて、不安で、苦しくて、辛くて、悲しくて、気づけば頭が膝の間に落ちているのです。

「――――」

そのとき、頭の上から声が掛かりました。一度目は聞こえないふりをして、二度目も同じようにして、少しもめげない三度目の声に、私はのろのろと顔を上げて、

そうして、私は、それを見たのです。


大空の雲間から差し込む日の光が、こちらを振り向いたあなたを、やさしく照らしていました。

男の子にしては細く繊細な黒髪が、その光を反射して天使の輪をつくり上げていて。

私を見るあなたの瞳は、まるで宝石を散りばめたようにきらきらと輝いていて。

膨らんだ頬は薄桃色に紅潮していて。

口許は柔らかに綻《ほころ》んでいる。

その笑みは、きっと無垢だとか、屈託のないだとか、そう呼ばれるもので。

「おまえに、ここからのけしきを見せたかったんだ」

あなたは言います。

これまで一度も見たことがない表情を浮かべて。

「せかいってやつはさ、こんなにきれいなんだ」

それは、とても尊い何かでした。

それは、とてもキレイな、何かでした。

私が、生まれてはじめて見る、知る、感じるものでした。

「ほら、こっちにこい」

呆然と言葉もなく見上げる私に、笑うあなたは、その手を差し伸べるのです。

その小さな手の平を見て、あなたを見て、その向こうの空を見て、世界を観《み》ます。

肌に感じる、柔らかなそよ風。流れてくる夏草の青々とした匂い。蒼天のずっと高いところから落ちてくる、鳥達の楽しげな鳴き声。

きっと、そのとき、そこには、私の世界の全てが、あったのです。


はじめて咲いた花を見せたとき、あなたはきれいだと言ってくれました。

土に埋めれば花が咲くという、このシードペーパーを種として育った、花でした。

この、どうしようもない私を綴ったものから生まれた、花でした。

……あなたはそれを、あの微笑みを浮かべて、きれいだと言ってくれたのです。』

『以前に、こんなことがありましたね。

私とあなたが高校生になったばかりの頃。

まだ私達が先生の、美術部に入っていなかった頃のことです。

ふたりで学校に行き、ふたりで帰宅して、ふたりでアトリエにこもって絵を描く。例外はあなたが週に三回ほど通っていた絵画教室で、そのときだけは、私はひとりで過ごしていました。

その頃、あなたの教室に新しい講師が入って、あなたはときどきその人の話を私にしました。

美術大学出身で、絵で食べていくことを志しながらも、それだけではやっていくことができずに講師業を副業としていること。まだ三十歳にもならない若い女の人だということ。その人の描く油彩画は色彩鮮やかで力強く、人を惹きつけるものがあるということ。

あなたにしてみれば、それは珍しいことでした。

なぜなら、昔からあなたは人間というものが、あまり好きではなかったからです。いつも不機嫌そうで、むっつりとしていて、積極的に誰かと関わろうとはせずに、むしろひとりでいることを好み、友達なんてほとんどいませんでした。

ひとことで言えば、気難しい子供だったと思います。

そんなあなたが誰かについて多くを知っているということは、つまりそれほどにその人を気にしているということです。そして、あなたからの話を聞けばその講師の人も、特別にあなたのことを気に掛けているようでした。

……私は、あなたに、一度正式に絵の描き方を学びたいと、言いました。

あなたの通う大きな教室になど、決して行けないことを知りながら。

その他の、どんなところだろうと見知らぬ人間しかいない環境になど、自分ひとりでは絶対に居られないと、十分に自覚していながら。

だから、その結果がどうなるかなんて、本当は、わかりきっていたのです。

あなたがやっとのことで見つけてくれた先生の美術部に、一緒に入ってくれるようお願いしたときだって、あなたの答えはわかっていたのです。


結局、ふたりで入部することになって、間もなくあなたは、絵画教室をやめました。

あなたが考えていたよりもずっと先生は教えることが上手で、そうした方が効率的だからだと。そうでなくとも掛け持ちは面倒だからいずれやめただろうけど、とあなたは言いました。

そして、あなたの口から、私の知らない誰かの話が出ることはなくなったのです。

少しだけ名残惜しそうでしたが、それだけでした。あなたは傷つくこともなく、当たり前の顔をしていて、そのことに私はホッとしましたが、同時に、胸が苦しくなりました。

私とあなたとの間に空いた距離のことを思うのです。

私はどうしたってこんなふうなのに、やっぱりあなたはどうしたってそんなふうなのです。全てを受け入れて、終わったことを終わったことにして、いける人なのです。

あなたは私とはちがうのだとわかっているのに。

いつだって私は、そのことを思い知らされるのです。

だから私は、こうしてそれを書きなぐって、また花にするのです。

あなたがきれいだと言ってくれれば、私もまた、そうなれる気がするからです。』


『あなたが見ているものは、きっと、とてもキレイなのでしょう。

私は、その世界を見たくて、あなたが見ているものを見たくて仕方がないのです。

だから、もっとちゃんと生きることができればそれが叶うと、そうすれば全てが解決するのだと、愚かにも私は信じていたのです。

あれは小学校の三年生か、四年生ぐらいの頃だったでしょうか。

季節は夏。

お父さんお母さんにアトリエを建ててもらったばかりの時期で、私達は学校から帰ってくるといつもそこで時間をつぶしていました。

私達——私と、あなたと、弟の啓司くん。その三人で、思い思いに過ごしていました。

私はいつものように絵を描いて、いつしか絵を描くようになっていたあなたも同じくカンバスを前にして、啓司くんは仮眠用のベッドに寝転がって漫画を読んで。

そんな、日々でした。

その頃のあなたは、本当に、心の底から興味がなさそうに絵を描いていましたね。何が楽しくてこんなことを自分はしているのか、他人はしているのかと、いつも仏頂面でカンバスに向き合っていました。

その頃の私にはどうしてあなたが絵を描きはじめたのか、そんなに風にしてまで続けているのかわかりませんでした。ただあなたが私と同じことをして、同じ時間を過ごしてくれることがうれしくて、それだけで満足していたように思えます。

そうしていることで、まるで私とあなたが同じ世界に生きているような気がしたのです。

……けれど、それが錯覚でしかないことを、本当はわかっていました。

この頃の私は、自分が周囲の誰ともちがう、いわゆるふつうの子ではないことを、すでに自覚していたのです。

ある人が、それを私に教えてくれました。

だから、私は願ったのです。

あの七夕の日、それを短冊に書いて吊るしたのです。

もっと、ちゃんと生きられますように、と。

そうすれば、きっと私はあなたと同じものを見て、同じものを聞いて、あなたと同じ世界で、これからもずっと一緒に生きていくことができるはずなのですから。

あなたがきれいだと言うこの暗闇に沈んだ夜空だって、きっと、そう思えるにちがいないと信じていたのです。

――でも結局、その夜はひどい土砂降りの雨でした。

どうせ雨に流れてしまうのならば、これに書いて、育てれば良かったのです。花が咲けば、もしかしたら願いが叶ったかもしれないのですから。』

『今年も冬が終わりつつあります。ここ最近は、ずいぶんと暖かくなってきました。風が部屋の中に流れ込み、頬をすっと撫でていく感触。それは、季節が変わる、変わっていく気配。何も変わらない私を置いて、世界は時を刻みどんどん先へと進んでいってしまうのです。

それを必死に追いかけて、転んで、泥だらけになって、もがいて、うずくまって、それでもまた歩きだそうとして、また転ぶ。

つらくて、苦しくて、もう立てないと思うことはこれまで何度もありました。そんなときは、あなたも転んでしまえばいいのに、と質《たち》の悪いことを考えたりもしました。

あれは、いつのことだったでしょうか。

あなたが私に触れてくれたことがありました。

そう、あのとき私達は中学の二年生ぐらいだったかと思います。

同じクラスで、私達はふたりきりでした。特にイジメられていたということはなく、ただ周囲から浮いていたのです。周りに溶けこめない私と、そんな私といて周りに溶けこまないあなた。

そのことに、私はひどく苦しい思いをしながら、けれど同時に薄暗く小さな喜びも感じていました。

あなたが、私の傍にいてくれたから。

いつも私のアトリエにやってきてくれたから。

世間で言われる思春期というものに入って、私は自分が女であることを、あなたが男であるということを知りました。あなたも同じであったろうと思います。

それでも私達の関係は変わりませんでした。

それまでと同じ日々が続いていくのだと、私は、そう思っていました。

愚かな、ことに。

中学生になったあなたは、幼い頃とは絵に向かう姿勢が目に見えて異なっていました。うまく描くことができない、思うように描けないと苛々することが増えて、私の絵を見ては悔しそうな顔をするのです。

あなたがそんな風になるのは今までになく新鮮でした。それを私のような人間の絵が引き起こしていることに、何だかむず痒い気持ちになり、笑みを浮かべてしまうこともありました。

あなたは私の描くものが、自分のものより上等な、すごいものであると思っているようでした。もしかしたら今でも、そう思っているのかもしれません。そしてそれはあなただけに限ったことではなく、私の絵を目にした多くの人がそう思うようでした。私にはそのことが、とても不思議でなりませんでした。あんなものをどうしてそう思えるのでしょう。あんなものを見知らぬ誰かに評価されたところで、いったい、どこに喜びを感じたら良いのでしょうか。

あれらは私なのです。醜い、私なのです。

誰にも理解されない私なのです。誰も理解できない、私なのです。

本当であれば、あなた以外の誰の目にも触れさせたくないものなのです。

私を理解してくれないくせに、私の描いたものだけをわかったような顔で語るなんて、想像するだけで腸《はらわた》が煮えくり返るくらい、怒りが込み上げてきます。

私が絵を描き続けるのは、絵の上達を望んでということではありません。絵の技法とか知識とか、どれだけうまく絵が描けるかなど本当は私にとってはどうでも良いことなのです。

私が心の底から望むものを、とてもキレイなものを形にしたいから。

そうすればきっともっとましな自分になれるはずだから。

い、あの人が、ずっと幼い私に、そう言ってくれたのです。

あなたが好きだったあの人が、そう言ってくれたから、だから私は絵を描くのです。

あなたは、そんなことをしなくとも私などよりずっと素晴らしい人なのに、絵を描くことに拘って、私と比較して、落ち込んだり怒ったり。

なんだかその様がとても滑稽で、おかしくて、私はかわいらしく思っていました。

そうさせているのが私なのだという事実に、私は、自分の中の何かが満たされる気がしていたのです。

恐ろしいことに、私は自分があなたの心の柔らかなところを傷つけているということに、喜びを感じていたのでした。

だから。

そのときも、私は拒まなかったのです。

あなたの中に溜め込まれたたくさんの気持ちが限界に達して、破裂して、あたりに撒き散らされて。

ふたりだけのアトリエで、あなたがはじめて私という存在に触れてくれたとき。

私は黙って受け入れるつもりでした。

あなたが私を必要としてくれたことがうれしかったから。

見上げるだけだったあなたが、私のところに落ちてきてくれた気がしたから。

そうすれば、あなたをもっと深く傷つけることができるから、それならきっといいのだと私は思ったのです。

愚かでどうしようもない私は、そう、思ってしまうのです。

——でも、結局のところ、あなたはそれ以上私に触れてはくれませんでした。

正しいあなたは、やっぱりまちがったことはしなかったのです。

まちがったことしかできない私とは、ちがうのでした。

もとより、生まれてきたことそのものが、まちがいだったのでしょうか。

けれど、こんな私を綴ったものから生まれた花を見て、あなたはきれいだと言うのです。

それだけで、私は生まれてきても良かったのだと、思えるのです。』


『心が疲れて、身体が重くて、もう歩きたくなどないというのに。

指先ひとつ動かしたくなくて、息をするのさえ、この心の臓を動かすことだって面倒で。

それでもこの世界は私にそれを許してはくれないのです。


どうして、人は生きているのでしょうか。

どうして、これほどに欠陥だらけの生物が、これほどに増えて、繁栄しているのでしょうか。

そのことが、いつも私は不思議でならないのです。

人とは誰もが例外なく、どこかしら欠けた部分を持って生まれてきます。私ほどの不出来さは例外だとしても、それでも完全である存在などひとつだってないはずなのです。

だというのに、道行く誰もが自分の欠陥を心のどこかでは認識しているはずだというのに、何でもないような顔をして、平気で日々を生きているのです。

そのことが、理解できないのです。

自分が完全でないことを知りながら、どうして幸せそうに生きていけるのでしょう。

自分の至らなさに、不完全さに、苦しみを覚えないのでしょうか。

自らが欠陥品であるということに、欠けたままこの世界を生きていかねばならないことに、身が震えるほどの恐ろしさを感じたりはしないのでしょうか。

一歩、自分だけの領域から外に出れば、そこには数えきれないたくさんの人があふれています。人と出会えば、そこに自分が持っていない何かを見つけます。別の人に出会えば、またそこには自分の持っていない別の何かがあるのです。

他人と接すれば接するほど、自分に足りていないものを眼前に突きつけられるというのに、どうして平気な顔をして群れを作り、その中に入ってゆけるのでしょう。

この世界が恐ろしいと、どうして誰も思わないのでしょうか。

きっと、それが私のふつうでない部分なのでしょう。

他の誰も、そんな風には思わないのです。

私だけが、怯えて、恐怖に目を瞑り、暗いところを頼りなく歩いているのです。

けれど、ときどき。

私と同じようなものを目にすることがあります。

大きかったり、小さかったり、細かい部分は異なるのですが、その欠けているところは、同じなのです。
今思えば、あの人もそうだったのかもしれません。
私が絵を描くきっかけになったあの人。あなたが好きだったあの人。
私も、好きだったのだと思います。
あの人は、私にとてもやさしくしてくれました。いろいろな言葉を掛けてくれました。
本当に、やさしい人だったのだと思います。
けれど、いつも物悲しい音を奏でている人でもありました。
よく、夕焼け色の旋律を、私達に聴かせてくれました。
私と似ているようで、でもやはり、私とは全然ちがう人だったのだと思います。
あの人はとてもキレイな人でしたから。

私と同じような人間なんて、碌でもないに決まっているのです。
そんなものは、全て、滅んでしまえばいいのです。
本当に、こんなものから生まれる花を、あなたはきれいだと言うのでしょうか。』

『今夜も、私はその光を見下ろしていました。
大きな庭に建つアトリエ、その窓から漏れる明かり。二階にある自室の窓枠に腕をのせて、先ほどまでずっと、眺めていました。

そこに、あなたはいるのでしょう。

そこで、あなたは今夜も絵を描いているのでしょう。

とてもキレイな何かを、創りあげているのでしょう。

まちがえてしまった私は、ただこうして、ここでそれを見ているしかできないのです。

ただ紙に向かって、醜い心の声を吐き出すことしか、できないのです。


今夜は、雨でした。

朝から降り続ける雫は、いまだ止むことはなく、街を覆っています。

雨の匂い。

昔から、雨は嫌いではありません。雨が降ると、世界が静かになるのです。

雑多な色も、雑多な音も、雑多な匂いも私以外の全てがひとつに塗りつぶされて、隠されて、消えてしまったように思えて、ひどく安心できるのです。

私を傷つけるもの全てから、雨が守ってくれるような、そんな気がしていました。

雨、と言えば、ひとつ思い出すことがあります。

去年の春、高校の二年生に上がったばかりの頃でした。

放課後、珍しく部活をすることもなく帰宅する途中で、私達は突然の豪雨に襲われました。

傘もなかった私達は、慌てて近くのコンビニに駆け込むことで一息つくことができましたが、雨はなかなか降り止みませんでした。店内の傘はすでに売り切れていて、自宅まではまだ遠く、仕方なく私達はそこで小降りになるまで時間をつぶすことにしました。

雑誌の立ち読みでもしていればあっという間だったのかもしれませんが、私もあなたもそういうものには興味がありませんでした。それにお店の人の視線が気になったこともあって、結局飲み物とつまむものをいくつか買って、店先の軒下で待つことにしたのです。

そこにはもうひとり、私達と同じ学校の女の子がいて、あなたを見ると少し視線を彷徨わせてから、小さく会釈をしました。

あなたは不思議そうな顔をしながらも手を上げて応えましたが、あれはまったくわかっていない顔でした。あの子はおそらくあなたと同じクラスだったのでしょうが、他人にあまり興味がないあなたはその顔を覚えていなかったのだと思います。

よく、あることでした。

それからしばらくの間、無言の時が過ぎました。私はいつものことで、もうひとりの子は携帯電話をいじっていて、あなたは雨景色をぼうっと眺めていました。

このコンビニは住宅街の中に建っているので、あたりに見えるのは民家やその塀だけです。特に珍しくもなく、自然の風景といったものでもありませんでした。

ただの、雨に降られた街の光景でした。

私には、そうとしか、見えませんでした。

三十分ほど待っているうちにだんだんと雨の勢いは弱くなり、さらにもう少し様子を見ていると、完全に雨足は途絶えました。

まだ雨雲は頭上に居残っていましたが、その雲間からは幾筋かの陽光が差し込んでおり、目の前のコンビニの駐車場もその一部に照らされていました。

やっとあのアトリエに帰ることができる、と思う私の隣で、「すっげえな」とあなたは子供のように楽しげな笑い声を上げました。

天から降り注ぐ光のもとに歩いていって、その手をかざして、眩しさに目を細めて。

私を振り向いて、あなたは、本当に、うれしそうに笑うのです。

「きれいなんだ。世界は、こんなにも」

——ああ。

ああ。

ああ……。

あなたは、本当に、ほんとうに。

キレイに、笑うのです。

私が視線を逸らした先で、あの女の子が、呆けたような顔であなたを見つめていました。

普段のしかめっ面しか見たことがない人は、大抵が、そうなるのです。

それも、よくあることでした。

それでも、あなたは私の傍にいてくれました。

隣に立つことはできなかったけれど、私の前を歩いていて、私はその後を追いかけて、そんな日々でした。

でも、今、私の傍に、あなたはいないのです。

手を伸ばしても、この手があなたに触れることは、ないのです。


あなたがアトリエにこもりはじめた日。

あなたの隣には、どこかで見た覚えのある子が、立っていました。

もう、私の居場所はないのだと、悟りました。

花を育てることもやめて、ただ積み重なっていくだけの紙束を、夜空に散らしました。

ビリビリに破いたそれらは、季節外れの雪のように舞って、飛んでいったのです。

ここではない何処かでならば、もう一度花を咲かせてくれるでしょうか。』


『これを含めてあと数枚で、お父さんからもらったシードペーパーが底を尽きます。

花を育てることもないというのに、ただ惰性と気が紛れるというだけで書き続けてきましたが、もう終わりにするべきなのでしょう。

育てたところで、どうせ花をつけることはないのでしょうし、それに見せたい相手が、もう私の傍にはいないのです。

……今夜もまた、すぐそこの窓から庭を見下ろせば、あなたがこもるアトリエの光を見ることができるでしょう。

あなたは今日もまた、ひとりで絵を描いているのです。

そこまで必死になって、いったいどのようなものを形にしようとしているのでしょう。

見てみたい、と思う自分がいます。

きっとそれを目にすれば後悔するだろうとわかっているのに、それでも、一目でいいからこの目に映してみたいと思うのです。

あなたの世界と私の世界はどこまでもちがうのだと思い知らされるとしても、それでも、と私の心が望むのです。

だって、私の精一杯でキレイだと思うものをつくり上げても、やっぱりそれはもっと別の何かでしかなかったのです。

あなたの目が、そう言っていました。

いえ、言われるまでもなく、自分でも理解していました。

私が生みだすものは、どこまでいっても、私でしかないのです。

私は私というものから、決して逃れることはできないのですから。

けれどそれでも、と私は思っていたのです。

けれどそれでも、きっと、いつかは私が望む私になれると、信じていたのです。

あの人が言ってくれたから。

あなたが、私が好きだった、あの人。

あなたのお父さんのお姉さん、あなたの伯母さんであったあの人です。

今ではもう取り壊され、なくなってしまったあなたのお父さんの実家に、あの人はひとりきりで住んでいました。私達の家からはさほど離れていない場所にあったこともあり、まだ幼い頃の私達はよくあの人の家に遊びに行っていました。

私があの人にはじめて会ったのは、小学校に入学してしばらく経ってから、あなたに出会って数ヶ月後、あの丘での出来事があってからそう間もない頃です。

あの人は美しく、やさしく、穏やかで、静かで、けれどどこか寂しさのようなものを漂わせる女性でした。

音楽家であったあの人は私達にたくさんの音楽を聴かせてくれました。その多くはCDなどの音源ではなく、彼女が実際に自らの手でヴァイオリンやピアノを演奏してくれたのです。

今思えば、それはとても贅沢な時間だったのでしょう。

プロの演奏家の生の音を目の前で聴くことができたのですから。

当時は、ただただそのキレイな音に、彼女の美しい姿に、圧倒されるだけでした。

彼女の生む音は、まるでそのまま空気に溶けてしまいそうなほど澄んだ、透明感のある音色でした。或いは、それは儚さといっても良かったのかもしれません。溶けて、消えてしまいそうな音だったのです。

まるで夜を迎える前の、空が消えていく、あの物悲しさを抱かせる橙色の夕焼けのような、調べ。

それは私がこの世界で見つけた、ふたつ目のキレイに思えるものでした。

あなたとあの人だけが、私の世界では燦然《さんぜん》と輝く美しいものだったのです。


あの人が私達によく聴かせてくれたのは、ロシアの音楽家ラフマニノフのヴォカリーズでした。聴いていると胸が苦しくなり、取り戻せない何かを失ってしまったような、そんな気持ちになる曲でした。

さまざまな編曲がある中で、あの人はその主旋律をいつもヴァイオリンで奏でていました。

あるとき、演奏の後に、こう言ったことがあります。

「この編曲はね、本当はピアノ伴奏があるデュエット曲で、昔はいつも弟と——栄くんのお父さんと一緒に演奏していたのよ」

その言葉に、あなたは疑いの言葉を返しました。私も密かに、同じことを思っていました。あなたのお父さんは、あなたなどよりもよっぽど怖い目つきをしていて、体つきはがっしりとしていて、とてもこんな繊細な曲をピアノで弾くような人には思えなかったのです。

でも、あの人はくすりとかわいらしく笑って、そして遠い目をするのです。

「栄くんのお父さんが弾くピアノはね、とてもね、とても……うん、とてもね、きれいだったのよ。まるで生命というものが音になったかのような、そんな輝きを持った音色をしていたの。私なんかよりもずっと才能があって、きらきらしていて、格好良くて、女の子にだってそれはもうすっごくモテたのよ」

最後だけは茶化すように言うあの人に、あなたはふてくされた顔をしていました。

あなたはあの人にとてもよく懐いていましたから、いえ、懐くというよりも、今になって思えばあれはあなたにとっては、初恋だったのかもしれません。

とにかくあなたはあの人が大好きだったから、あの人が他の誰かを褒めると、いつもムスッとしていました。にもかかわらず、あの人はいつもあなたのお父さんのことを褒め称える言葉ばかり口にするため、あの人の家にいるときのあなたは、いつにも増して不機嫌だったように思います。

あるときは、自分の昔話も聞かせてくれました。

沖澄の家が元々はとても裕福な家であったこと、幼い頃に才能を見いだされて、姉弟ともに物心ついた頃から厳しいレッスンを受けてきたこと、けれどあの人が高校生に上がってすぐに両親が事業で失敗して経済事情が一変したこと、財産を処分することで何とか借金を返済したがその生活水準は一般よりもやや下回る程度に落ちてしまったこと、その状態ではとてもふたりに音楽をやらせておく余裕がなかったこと。

そしてあなたのお父さんが身を引いて、高校にも進学せずに働き出したこと。

「そのときは、ものすっごい大げんかをしたのよ。才能はまちがいなく栄くんのお父さんの方があったの。だから私が高校をやめて働くって言ったのに、あの子は全然聞かなくてね、けんかして冷戦状態になっている間に自分ひとりで勝手に話をつけて、いつの間にかそういうことになっていたの。昔っから頑固だったけれど、あれは極めつけだったわね」

そう話すあの人は、うれしそうでいて悲しそうで、でもそれだけではない複雑な表情を浮かべていました。

「そこまでされたら、もう私は後に引けなかった。ただがむしゃらに前に進むしかなかった。それがどれだけ苦しくとも、辛くとも、あの子の才能を、未来を犠牲にした以上は絶対に結果を出さなければならなかったの」

あなたを見て、あなたの中の誰かを見て、あの人は言います。

「ねえ、私は犠牲にしたものに見合う何かに、なれたのかな」

あなたを映すあの人の目は、とても澄んでいました。

澄み切って、そこには、何もありませんでした。

何もなかったのに、私は、とても恐ろしい何かを見てしまったような気がしました。

一瞬だけ。ほんの一瞬だけ、気持ち悪いとも、思ってしまいました。

けれどあなたは、そんなあの人に見つめられても平然として、その目を真っ直ぐに見上げていました。

「なんてね。ごめんなさい。こんなこと言われても困っちゃうよね」

あの人はあなたが口を開く前に、苦笑して、その話を終わらせました。きょとんとするあなたの頭を撫でるあの人からは、先ほどまでの妙な雰囲気は消え失せていました。

「栄くんってばお父さんに本当によく似ているから、私も何だか懐かしい気分になっちゃったのね。……本当に、ごめんね」

頭を撫でていた手をするりとあなたの頬に滑らせて、唇に、顎に、首筋に。

最後に肩を軽く叩いて、あの人は小さく呟きました。

「私はただ、ずっと一緒にいられればそれで良かったのに」

それが、きっとあなたではない誰かに向けた言葉なのだろうことを、私もあなたも気づいていました。

でも、私達はあの人に、何も言えなかったのです。


その日の帰り道、いつものように私の前を歩いていたあなたは、唐突に立ち止まりました。無言で夕焼け空を見上げて、結局何も言わずにまた歩き出しました。

「きりえさんは、きれいだよ。きれいなんだ」

しばらく経ってから、そんな呟きが私の耳に聞こえました。

「そのおとも、ゆびも、こえも、目も。きりえさんが生きているぜんぶ、きれいなんだなあって、おれは思ったんだ」

私はただそれを黙って聞いていました。

「とーさんだって、よくきりえさんのCDを、かーさんに隠れて聴いているんだ。ニヤニヤしてさ、うれしそうに聴いているんだ」

なんだかその声がとても悲しそうで、それを聞いているうちに私も悲しくなって、結局、泣き出してしまいました。

あなたは面倒そうな顔を隠しもせず私の鼻水や涙を乱暴に拭うと、私の手を引っ張って、また歩き出しました。

それでもまだしゃくり上げる私は、滲む世界にあなたの背中を見て、思ったのです。

私がキレイなものになれば、あなたは私も見てくれるのでしょうか。


あるとき、あの人とふたりだけで話す機会がありました。

その日のあの人は、楽器ではなく筆を取り、カンバスに向かっていました。

庭に増築したという母屋と続きになっている小さなアトリエ。

あの人は暇な時間があるとそうして油彩画を描いたりすることもありました。本人は手慰み程度と口にしていましたが、贔屓目《ひいき》を抜かしてもとても素人のものとは思えないほどの出来でした。

「どうしたら私みたいになれるか?」

そのとき、あなたの作業を少し離れたところから見学していた私は、意を決して以前から心中に秘めていた問いを投げかけました。

あの人は驚きに目を丸くして、こちらを振り向きます。

「私みたいに、って。零子ちゃん、私はね、参考にしてはいけない類の人間よ？」

苦笑するあの人に、私はそんなことはないとあなたの口にしていた言葉を伝えました。

「栄くんが、そんなことを……。何かしらね、この気持ち。あの子の子供にそんなことを言われるなんてね」

それを聞いても、やっぱりあの人からは苦い笑みは消えませんでした。

無意識なのか首から下げられたペンダントを片手でいじるあの人は、とても寂しそうに私には見えました。

そんなあの人に私は必死に自分の中の思いを伝えました。

つっかえて、語彙も足りなくて、自分でももどかしく思いながら吐き出す私の言葉を、あの人は急かすこともなく一つひとつ丁寧に拾い上げてくれました。途中感情が昂ぶって泣き出してしまっても嫌な顔ひとつせずに、やさしくなだめて、その続きを促してくれたのです。

長い時間が経ってから、ようやく私は伝えたいことの全てを伝えることができました。

あの人は私の傍までやってくると、少し迷った後でゆっくりと、華奢なガラス細工に触れるかのような慎重な手つきで、私の髪を撫でてくれました。

あの人が私に触れたのは、そのときがはじめてでした。他人との接触が苦手だということとを知っていたから、ずっとあの人は私と距離をとってくれていたのです。

　でも、私はあの人に触れられても嫌ではありませんでした。あなたとあの人は、そういうところもまた、私にとっての特別だったのです。

　あの人は、屈みこんで私を撫でながら、「そうよね」と言いました。

「ふつうに生きるっていうのは、難しいよね。みんな簡単にそう口にするけれど、それはとても大変なことで、苦しいことで」

　私は頷きました。何度も何度も。

「でも誰もわかってはくれないの。当たり前のことを当たり前にできる人達は、私達のような人間を理解できなくて、理解できないから遠ざける。それは、悲しいことだよね」

　でも、それが私の世界だったのです。

「ひとりでいることは気楽で傷つくこともないけれど、ひとりぼっちはやっぱり寂しい。ひとりで生きるには、この世界は広すぎる」

　けれどそんな私の世界に、あなたはやって来ました。

　周囲に遠ざけられ、周囲を遠ざける私を強引にあの丘に連れだして。

　生まれてはじめて、私にキレイだと思えるものを見せてくれました。

「だから、誰かが傍に来てくれたなら、誰かが傍にいてくれたなら、絶対に放したくはないよね」

　私はあなたの背中を追いかけました。

あなたの後ろをついていきました。

あなたのことを、決して放しませんでした。

「私はひとりきりになってしまったけれども、あなたはまだこれからでしょう。たくさんの可能性があるのよ。誰にだって、それはあるはずなの」

最後だけは誰かに言い聞かせるような声色で告げて、あの人は私の名前を呼びました。

顔を上げた私に、あの人は何の色もない透明な表情で、あの澄み切った眼差しを向けて、言うのです。

「人は、きっと変わることができるの。いつか、ちがう自分になれるはずなの。でなければ、あまりにも、ひどすぎるでしょう？」

どうして、でしょうか。

その言葉は私を励ますもので、共感できるものだと思うのに。

何だか、背筋がゾッとするような――。

「だから、私みたいになろうなんて、決して思っては駄目よ零子ちゃん」

けれどその感覚は一瞬のことで、あの人がふっと力を抜いて微笑むと、いつの間にかどこかに消えてしまいました。

あの人は呆気にとられて瞬きをする私の前に、両膝をついてしゃがみこみました。そして自分の両手で、私のちっぽけな手をそっと包んで、柔らかい声で、言います。

「あなたは、きっといつか、あなたの望むものになれるわ。焦る必要はないの。ゆっくりでいいから、一緒に頑張っていきましょう」

目を丸くする私へ、あの人はにっこりと心が温かくなる笑みを浮かべて、

「こっそり私も手伝ってあげるから、素敵な女の子に、なりましょう」

そんな風に、約束してくれたのです。


はじめに私は、音楽を習いたいとあの人に申し出ました。

あなたがあの人の演奏する姿をきれいだと言ったから、単純に私も上手に弾くことができればと思ったのです。

けれど結果は芳しくはありませんでした。私にはおよそ音楽的才能と呼べるようなものが存在していなかったのです。まずはあの人と同じヴァイオリン、次にピアノとさまざまな楽器に手を出してみましたが、何時間と練習したところで、はじめの音を出すことさえまともにできないという有様。

散々時間を掛けての結果に私は盛大に落ち込み、あの人はずいぶんと困っているようでした。けれどそんなある日、あの人は絵を描いてみないかと言ってきました。その頃、小学校の授業でクレヨン画を描く機会があり、それが市内のコンクールでささやかな賞を獲ったことがあったのです。おそらくその話をあなたからでも聞いたのだと思います。

何でもいいからと言われて私が描いたのは、どこにでもありそうな街中の風景でした。授業で先生からこう描くようにと指示された通りの、これのどこが良いのかと思うそんな

クレヨン画でした。

その絵をしばらく難しい顔で見つめていたあの人は、次に、私の思うキレイなものを描くように言いました。何でもいいから、自分の思う通りに、と。

そうなれば、私が描くものは決まっています。

夏の日の、あの丘の、あなたの——あのときの、光景でした。

勢い込んだ私は、力強くクレヨンを握りしめて、わくわくしながら、描きはじめました。

世界で一番キレイなものだったのです。はじめて私がそう思えるものだったのです。憧れて、焦がれて、居ても立ってても居られなくなる、そんなものだったのです。

描いて、描いて、描いて。

真っ白な画用紙の上がさまざまな色で埋まっていくにつれて。

手の勢いが弱くなって、鈍くなって、震えて、血の気が引いて、私を動かしていた熱いものがその温度を失っていきました。

息が苦しくなって、目の前が暗くなって、クレヨンを持つ手から力が抜けて、ついには手の中から、転がり落ちてしまいました。

それ以上、描くことができませんでした。

描きかけのその絵を見て、あの人は言葉を失っていました。

私もまた、愕然として、それを見つめるしかありませんでした。

あれほどキレイだったというのに。私の大切な大切なものだったというのに。

私の手によって描かれるのは、キレイなところなど何ひとつない、痛みと苦しみと憎しみに満ちた世界だったのです。

私という存在を通すことで汚され、貶められ、似ても似つかなくなってしまった、おぞましいそれは。

私の、世界でした。

それが、いつもの、私の世界だったのです。

私の目から、自然と涙が零れ落ちました。止めることは、できませんでした。

このときに、私ははっきりと理解したのです。

どうして自分が周囲の人達とちがうのか。

どうして自分を誰もわかってくれないのか。

私は、ちがうのです。あまりにも、ちがったのです。

私はここにいて、あなたはそこにいて。

私はそちらへゆくことができないのです。

あの人は、声もなく涙を流す私を、強く、強く抱きしめてくれました。

私を傷つける全てから守ろうとでもするかのように、その柔らかな身体で、私を包んでくれました。

あの人も、泣いていました。

大丈夫、大丈夫と涙声で私に声を掛けながら、私が泣きやむまでずっと、あの人は、私を抱きしめてくれたのでした。


あの人は、言ってくれました。幾度も、幾度も。

きっと、人は変われるのだと。

いつか、ちがう自分になれるのだと。

だから、私は思ったのです。

きっといつか、私がこの世界で一番キレイだと思うものを描くことができたならば。

みんなと同じように、あなたと同じように、もっとちゃんと生きることができるのだと。

それを描くことさえできれば、全てはうまくいくのだと、私は思ったのです。

愚かにも、思ってしまったのです。

因果も知らず、結果を変えれば原因も変わるのだと思い込んで。

まず己が変わらなければ、それ以外の何も変わることはないというのに。

そんな簡単なことさえわからないままに、私はそれを自分のたったひとつの指標としてしまったのです。


あの人は根気強く、辛抱強く、私に付き合ってくれました。

といっても特別に何かを教えるということはなく、私に好きに描かせて、あの人はいつもそれを後ろで見守っていたのです。

そのときの私にとっては、それが何よりも心強かったことを覚えています。

ひとりでないということが、この上なくうれしかったのです。

私が描こうとしている絵に、求めているものに、名前だって付けてくれました。

ここではなく、そこ。

けれどそれがどこかはわからなくて、どうすればそこに行けるのかわからなくて、だからあの人は小さなメモに、こう書いて、私に渡してくれました。

『Somewhere not here――ここではない何処かへ』と。

いつか私が納得するものが描けたのなら、この名前をつけたらいいと、あの人は言ったのでした。


けれど、それからどれだけ描いても、私の絵は、変わりませんでした。

無残な結果を目の前に突きつけられて、その度に涙を流して、あの人に慰められる。

そんな日々が続いて、変化の兆しさえも見えなくて、苦しくて、申し訳なくて、自分がどんどん嫌いになって。

そうして、一年が過ぎました。何の成果もない一年でした。

無為な時間がただ重なり積み上がっていき、あの人からは生気のようなものが失われていきました。

その頃のあの人は、あなたと三人でいるときでさえ隠しようがないほどに、疲れ果てていたのです。

あの人から生まれれる音は相変わらずキレイでしたが、以前よりもさらに儚さを増し、か細く、弱く、今にも消えてしまいそうなほど透き通っていました。

夕日が沈んで、夜になる直前のような、そんな空を幻視する音色だったのです。

私は、それでもあの人から離れることができませんでした。

あの人だけが、そのときの私の、たったひとりの理解者だったのです。

少なくとも私はそう信じていたのです。

だからあの人のやさしさに、私は溺れたのです。

その身体に寄り掛かって、寄り掛かって。


しばらくして、あの人は、亡くなりました。

一緒に画材を買いに出た帰り道、ふたり並んで信号待ちをしていたときのことです。

私の目の前で、赤信号の横断歩道を渡って、車にはねられたのです。

見通しの悪い交差点で、僅かに車の往来が途切れた、ほんの数秒間の出来事でした。

あまりにも自然に踏み出された足に、私は咄嗟に反応することができませんでした。

ついてこない私を不思議に思ってか、すぐにこちらを振り返ったあの人は、呆気に取られている私を見て、くすりと少女のようにかわいらしく笑いました。
——どうしたの？　置いていっちゃうわよ。
そう言って、そのほっそりとした手を、私に伸ばしたのです。
それは、あるいは、私を本当の意味で救ってくれる御手だったのかもしれません。
あるいは、あの人を救うための機会だったのかもしれません。
けれど、私はその手を取ることができなかったのです。
連れ戻すことも、連れて行ってもらうことも、できなかったのでした。
車のクラクションの音が鳴って、ブレーキ音が響いて、誰かの悲鳴が上がって。
微笑むあの人は、私の目に見える世界から消え失せて、二度と戻らなかったのです。

私が、あの人を殺したのです。
あのとき、あの人は我を失っていたのか、そうでなかったのか。
私にはわかりません。誰にも、わかりませんでした。
けれど、私が殺したという事実に、変わりはないのです。
あなたが好きだったあの人は、私に殺されてしまったのです。
全ての原因は私で、助けられなかったのも私。
あの手が。

あの手を。

許されないことでした。決して、許されてはならないことでした。

でも、私はそれを誰かに伝えることができなかったのです。惨《むご》い場面を目撃した可哀想な子供という立場に甘んじて、卑怯な私は口を閉ざしました。

あなたに知られたくなかったのです。あなたに、ひどいことを言われたくなかったのです。

あなたはとても悲しんで、泣いて、落ち込んで、塞ぎこみました。

それを見るにつけて、ますます私は本当のことを口にすることができなくなりました。

真実を知れば、あなたは私のことを決して許さないでしょう。だから貝のように口を結んで押し黙るしか、なかったのです。

またひとつ、私は私の醜い部分を知りました。

私は私でしかないことを、確認しました。

それでも私はあなたの傍にいたくて、邪険にされても追い払われても、あなたから離れませんでした。しまいにはあなたも根負けして私がいることを気にしないようになって、
私はそれがうれしくて、死んでしまいたくなるほどうれしくて、ひとり、泣きました。

そうやって二月《ふたつき》も経つ頃には、あなたはすでに立ち直っていました。

驚くほどに、いつものあなたに戻っていました。

世界のキレイなものを目にして、笑っていました。笑って、少し悲しそうに、あの人に

も見せたかったな、なんて口にするのです。

そのことに、私は喜びよりも、恐怖を覚えたのです。

あれほどまでにあの人を大好きだったというのに、あなたは、あの人を、過去にしてしまったのです。

私が成長した今でもなお罪の意識を抱え、夜も眠れなくなることもあるというのに、幼いあなたは、あの人の死をしっかりと受け止めた上で、消化してしまったのです。

終わったことを終わったこととして過去にできてしまう、あなたはそういう、強く正しい人だったのです。

成長するにつれあの人の記憶さえ薄れさせていくあなたを、私はすぐ傍で見続けてきました。

恐ろしい、と思いました。

あなたはきっと私がいなくなったところで、そうやって過去にして生きていくのだろうということを、理解してしまったからです。

理解したところで、到底、受け入れることなどできませんでした。

認めるわけにはいきませんでした。

けれどあなたを変えることなどできるはずもなく、結局のところ私にできるのは、ひとつしかなかったのです。

きっと、いつか。

あのキレイなものを描くことができれば、もっとちゃんと生きることができて、もっとましな自分になれて、全てはうまくいくのだと、信じるしかなかったのです。


その結果が、今の私でした。

このどうしようもない私なのでした。

足元に転がったカンバスに目を落とします。

何度も何度も、数えることも億劫になるぐらいに描いたモチーフ。

あなたに隠れて、私は幾度もそれを形にしました。そして描き終える度に、苦しみと怒りに支配されて、ナイフで引き裂いてきました。

なぜならば、私は何も変わっていなかったからです。だから失敗作だと、出来損ないだと私は思ったのです。

足元のこれだって、同じでした。

もう二度と描かないとあなたに言いながら、最後にもう一度だけと未練がましく自室で描き上げたこの絵。

それは、今となってはたったひとつになってしまった、私の救い。

私のはじまりで、私の希望で、私の全て。

あの夏の日の、あなたの、私に伸ばされた——。

だから、それはもっとキレイで、光に満ち溢れた、素晴らしいものであるはずなのです。

この程度のはずが、ないのです。

現に、私も、私の目に見えるこの世界も、何も変わってはいませんでした。

ならばこれも、失敗作の、出来損ないのはずでした。

そう決めつけて、いつものように切り裂こうとして——けれど、ふと、私は思いました。

たしかにこれは、求めているものに到底届いてはいませんでしたが、少なくとも、はじめて描いたあのときに比べて、それにずいぶんと近づいているのではないか、と。

私は、このどうしようもない私から逃れることは決してできないけれども、それでも私の中にある、あなたが与えてくれたキレイなものを掻き集めて、今の精一杯の形にできているのではないか、と。

でも。

なら？

…………。

私は、気づいてしまいました。

もしも、私の生み出すものが、少しずつでも理想に近づいていたのだとしたら。

どうして私自身は、あのときから、まったく変わっていないのだろう、と。

むしろその醜さは、時を経て、大人になっていくごとに、増しているようにさえ感じて。

…………。

ああ。

つまり、それは。

たとえ、もし、私が理想のそれを、形にできたとしても。

——私は、気づいて、しまったのです。

この私という存在が、そのはじまりから、まちがっていたのだということを。

たとえば聖人の絵を見事に描く画家の全てが、描かれる聖人のように高潔な人間であるはずがないように。

たとえこの身が理想を描くことができたのだとしても、それだけで私自身が今よりも上等な人間に変わるなど、そんな都合のいい話、あるはずがなかったのです。

全てが崩れ落ちていく音を、聞いた気がしました。

自分のこれまでの全て、絵のために費やした時間や努力、付随した苦しみが全部、まちがいで、無意味だということを、私はここに至ってようやく悟ったのです。

最初から、私が歩んできた道に、先など存在していなかったのです。

ここではない何処か《サムウェア・ノットヒア》へ、あなたがいるそこ《ゼアー・ユーアー》へ、どうあっても私はゆくことはできないのだということを、今になって、思い知らされたのです。

こんな思いをするのならば、いっそ。

永遠に、キレイなものなど知らずにいられれば良かったのに。

だから、何もかもが嫌になったのです。

私はその痛みを、最後に残ったカンバスに、力の限り、叩きつけました。

何度も何度も。

釘という形をとったそれを。

手の皮が破け、血が垂れるのにも構わず、ずっと、叩きつけていたのです。

最後に、もう一度だけ、試してみようかと思います。

私にはもう何も残っていないから、せめて最後に夢だけでも、見たいと思ったのです。

いつかあなたがあのアトリエから出てきたときに、足元にその花を見つけて、きれいだと言ってくれたなら。

それを思うだけで、この苦しみがほんの少しだけ、和らぐような気がしたのです。』

わたし《ここ》とあなた《そこ》をつなぐもの

そうして、また今夜も私はアトリエを見下ろしているのです。

あなたは今日も一日、絵を描き続けていたようでした。

いつまで、あなたはそうしているのでしょう。

もう随分と長い間あなたの顔を見ていない気がします。

これほどにあなたと離れたことなんて、今まで一度だってありませんでした。

なんだか、身体中がふわふわしているのです。

まるで現実感がなくて、夢の中にいるような心地なのです。

悪い夢を、見ているようでした。

どこにも逃げるところなんてなくて、ここにいるしかなくて、あなたはそこにはいないのです。

空を、見上げてみました。

雲に隠されて、星はありませんでした。

ただ黒い世界が、どこまでも広がっていました。

――ふと、視線を感じて。

視界が、夜空から大地に落ちると、そこにあなたがいました。

アトリエの前に立って、ぼんやりとした顔つきで、私を見上げていたのです。

どくり、と鼓動が高鳴りました。

あなたがそこにいるという、それだけで、私はうれしくなってしまうのです。

そんな、かんたんな女だったのです。

「えい、くん」

身体の奥底から噴きだした熱が、瞬く間に全身を支配して、気づけば、私の両手は、あなたに向かって伸ばされていました。

窓枠から身を乗り出して、私が、あなたを、求めていました。

あなたに会えなくて、この身もこの心もすり減って、私という存在はひどく軽くなっていましたから、

ふわりと浮いて、私の身体はあなたのもとへ、飛んでいったのです。

一瞬の浮遊感。

風が吹いて。

世界が回って。巡って。

全身に、強い衝撃。

「……、……?」

意識の、断裂があって。

ふと気づけば、私は、地面とおぼしきところに、横たわっているようでした。

見上げても、空に、やはり星はありません。いえ、それどころか光さえもなくなって、

何も見えないのです。

世界は、真っ暗闇になっていました。

——遠い、どこかから、声が聞こえてきます。

あなたの、声です。何を言っているのかは、聞き取れません。ただ、叫んでいるようにも、泣いているようにも聞こえる、そんなあなたの声でした。

「……？」

あなたの姿を捜そうと、首に力を入れました。

けれど、動きませんでした。首だけでなく身体の全てが、指先ひとつだって、まるで電池が切れてしまったかのように、ぴくりともしないのです。

仕方がないので、私は、あなたの名前を呼びました。

「…………」

もう一度、呼びました。

「…………？」

でも、あなたからの答えは、ないのです。ただノイズのような音が、遠くに聞こえるだけでした。

私は、あなたの姿を捜します。

あなたは、そこに、いたはずなのです。たしかに、私はあなたのもとへ、行ったはずなのです。

なのに、あなたはここにいないのです。

どこにも、いないのです。

「………………」

身体が、ひとりでに、震えはじめました。

寒い、のです。

この暗い世界には光が、太陽がどこにもないのです。冷たさだけが満ちていて、だから
ひどく寒くて、凍えてしまいそうになります。

あなたは……あなたは、どこにいるのでしょう。

寂しいのです。私は、やはりあなたがいないと、駄目なのです。

ここは暗くて、寒くて、ひとりぼっちで、寂しくて、死んでしまいそうになるのです。

「――!」

身体が、強く、揺れた気がしました。

誰かが、触れてくれたような、気がしました。

けれど何も見えず、聞こえず、感覚だって曖昧で、私にはもう、自分がどうなっている
のかすらわからないのです。

全てが不確かになって、私の何もかもがこの真っ暗闇の世界に溶けて、消えて、なくなっ
てしまいそうなのです。

「――!」

誰かに、名前を、呼ばれたような。

そんな気がして。

何もない天を見上げれば。

暗闇に、光が。

一筋の。

それはとてもキレイな。

まるで、誰かの腕のようで。

ほっそりと、たおやかで、美しく——それは、私をあらゆる苦しみから解放してくれる、救いの手で。

力強く、引き締まって、生命力に満ちた——それは、ただ私の傍にいて、握った手を握り返してくれる、それだけの手で。

私が本当に望んでいたのは、本当に放したくなかったのは。


手を、伸ばす。


力が抜けていって。

何も見えなくなって。

世界が遠くなって。

それでも必死に手を伸ばして。

そうして、最後に、私はその手を摑んだのです。

『ほら、こっちに来い』

ぎゅうっ——と。

つながった手を、たしかに、強く、握り返されて。

夜の暗がりが、まばゆい光に払われていって。

ああ——。

やっと、見つけた《ゼアー・ユーアー》。

あなたは、そこに、いたのです《ゼアー・ユーアー》。

あとがき

たとえば、バニラアイスがのった美味しいパンケーキを食べて、薫り高く美味しいブラックコーヒーを飲んで、それだけで、ああ今幸せだなと感じます。

たとえば、ずっと楽しみにしていた映画を、ちょっと良いお酒を飲みながら、ちょっと良いおつまみと一緒に見たりなんかすると、ああ今楽しいなと感じます。

たとえどんなことがあっても、どれだけ不幸だと思っても、人間はずっと不幸せだけを感じて生きていくことはできないんだなあと、よく思います。

子供のころ、よくここではない何処かへ行ってしまいたいと思っていました。

それは本の中の空想の世界であったり、自分を中心にまわる都合のよい世界だったり、争いごとがなく苦しみも悲しみもない、優しい世界だったり。

総じて、自分の理想をこれでもかと押し込めた世界でした。

けれど、結局そこへ行くことはできなくて、自分が今いるここ以外のどこにも行けないということを思い知って、夢見ることを諦めて、やがてはしぶしぶ現実を選択することになります。

では、それで世の中がつまらなくなったかと思えば、意外とそうでもなく、なんだかんだ言いながら、日々のちょっとした出来事にちょっとした楽しさや幸せを見つけながら、この世界を生きています。

誰と関わることがなくとも、何を食べることがなくとも、何を聴くことがなくとも、ひとり、ただきれいな夕焼けを見上げだけで幸せを感じてしまうのですから、たぶん、思っているよりも人間というのは単純にできているのだろうなあと思います。

それを悔しく思うこともあれば、頼もしく思うこともあって、きっとどんな風になっても人は楽しさとか幸せを捨てられないんだろうなあ、と最後にはいつも笑ってしまいます。

人生は難しいことだらけですが、きっとそうしているのは私達の心とか考え方なのでしょう。

私達自身は、本当は、もっと簡単に生きていけるものなのだと思います。

たとえば甘いお菓子と美味しいコーヒーがあれば、それだけで小さな幸せを感じることができるように。

そんな風に、今日も私はこの世界で、自分なりに幸せを感じながら、生きています。

小野崎まち

この物語はフィクションです。
実在の人物、団体等とは一切関係がありません。

■参考文献

『世界の名画　1000の偉業』ヴィクトリア・チャールズ　ジョセフ・マンカ　メーガン・マクシェーン
ドナルド・ウィガル著　訳者省略（二玄社）
『世界アート鑑賞図鑑　ART THE WHOLE STORY』スティーヴン・ファージング（東京書籍）
『アート・ギャラリー現代世界の美術21　ポロック』編集委員：中山公男　東野芳明　大岡信（集英社）
『素描　用具と基礎知識』「アートスクール」シリーズ　ジェームズ・ボートン著　夏川道子訳（美術出版社）
『油彩で風景を描く』普及版カルチャーシリーズ　山内亮著（グラフィック社）
『油絵　風景を描く』小松崎邦雄著（日本放送出版協会）
『ニコラ・ド・スタールの手紙』大島辰雄訳編（六興出版）
『現代社会心理学』末永俊郎・安藤清志編（東京大学出版会）

小野崎まち先生へのファンレターの宛先

〒101-0003　東京都千代田区一ツ橋2-6-3　一ツ橋ビル2F
マイナビ出版　ファン文庫編集部
「小野崎まち先生」係

Fan
ファン文庫

サムウェア・ノットヒア
～ここではない何処かへ～

2016年10月20日　初版第1刷発行

著　者　　小野崎まち
発行者　　滝口直樹
編　集　　水野亜里沙
発行所　　株式会社マイナビ出版
〒101-0003　東京都千代田区一ツ橋2丁目6番3号　一ツ橋ビル2F
TEL 0480-38-6872（注文専用ダイヤル）
TEL 03-3556-2731（販売部）
TEL 03-3556-2733（編集部）
URL http://book.mynavi.jp/

イラスト　カスヤナガト
装　幀　川谷康久（川谷デザイン）
フォーマット　ベイブリッジ・スタジオ
DTP　株式会社エストール
印刷・製本　図書印刷株式会社

 ISBN978-4-8399-6059-9
Printed in Japan

Fan
ファン文庫

あなたの未練、お聴きします。

人の魂を送るエージェント達の、心に響くピュアストーリー

著者／小山洋典　イラスト／ふすい

未練を残したままでは、死んでも天上へ送られることはない…。そんな人間の未練を解消するエージェントの劣等生・遊馬が教官と共に触れたのは切ない想い…。